KB189047

미제레레

김안 시집

시인

의

말

첫 시집 이후,

애인이 아내가 되었고, 딸이 태어났다.

*

문학적인, 시적인 삶을 변명 삼아

너무나 많은 것들에 소홀했기에,

가족에게 부끄럽고 미안하다.

시집을 내는 일은

이 부끄러움과 미안함에 한 근의 무게를 더하는 일.

돌아보면, 늘 죄송할 따름인 부모님을,

늘, 나의 첫 독자가 되어주는 아내를,

그리고

이제 처음, 세상의 언어를 배우기 시작한 딸을

생각하면

내 쓰기가 가야 할 길은 까마득하기만 하다.

지킬 것이 늘어나고,

나이가 들수록

비겁하게도, 삶의 세목이 만든 광장들로부터 멀어진다.

어쩌면 이 시집은

그에 대한 치졸한 변명인 것 같다.

*

곧, 폭우가 쏟아질 것 같다.

차
례
—

1부

16   사람

18   囊

20   백지

21   사랑의 역사

22   서정

24   식육의 방

26   이후의 방

28   시놉티콘

30 복화술사

33 살가죽부대

34 두려움의 방

36 이암泥巖

38 나의 이데아

40 동백

42 이명耳鳴

44 비문

2부

48   측백 側柏

50   메멘토 모리

52   마리포사

54   자백의 기술

56   구주 救主

57   검은 목련

58   치차 齒車의 밤

60   문화당서점

62   기억 후의 삶

64   맹동盲動

66   홀로코스트

68   시취屍臭

70   일요일

72   일요일의 혀

74   폭설

75   연흔漣痕

3부

78   미제레레

81   소하동

82   지상의 방

84   개미집

86   선善이 너무나 많지만

89   촛불이 만지는 밤

90   수목장

92   이후의 삶

94   지빠귀를 시작할 것

96   금언기

97   국가의 탄생

98   육식의 날들

100   실낙원의 밤

102   맹목盲目

104   회음回音

106   우리의 물이 가까스로 투명에 가까워졌을 때,

108   불가촉천민

109   환절기

해설

1부

사람

당신이라는 육식에만 힘쓸 것이다,

입 앞에 놓인 말■들만 게걸스럽게 먹을 것이다,

하면

나는 이타적인 사람입니다.

음절을 늘리듯

혀를 늘려 땅바닥에 질질 끌고 다니는 개구리처럼

입이라는 장애를 포기하겠다,

하면

나는 유능한 사람이겠지요.

그래서 내 울음의 몽리면적은 허락될 리 없습니다.

사람,

저녁이 오면 퇴근을 하고, 퇴근을 하면 취합니다.

취하면 당신이 내 손을 잡아주시겠습니까?

이 손은 잡자마자 폐허입니다. 몸이라는 테두리도 사라지

겠지요.

왜 사람이어야 합니까,

밥을 짓고 청소를 하고 사랑을 나누는 모든 것이.

왜 군중들은 범죄자에게

네가 사람새끼냐,

라고 외칩니까, 언제 한 번 사람인 적이 있었다는 듯이.

그들을 향해

노동하는 시체,

라고 말한 이는 아직 살아 있습니까?

이곳에서 만족하려면 쥐새끼보다 더 쥐새끼가 되어야 하지,

라고 말한 이는 쥐새끼입니까?

아직도 죽은 자들은 죽은 자들을 묻지 못하고

나는

다리 사이

포낭 속 모든 씨에

검정 꼬리가 생길 때까지

자위하고 확인할 뿐입니다.

가장 소란스럽고 가장 사나운 평화 속에

강은 썩은 모액母液으로 가득하고

나의 병은 더 이상

자라나질 않습니다.

囊

　아침입니다. 책상 아래입니다. 아침이면 사람들은 출근
하고, 아기들은 울기 시작합니다. 당신이라는 쓰기의 등을
열어젖히고 그 속에 들어가 웅크립니다. 책상 아래입니다.
어둠의 속살은 무슨 빛깔일까요? 햇빛은 사람들을 달려가
게 만듭니다. 어둠은 그 속살을 숨기기 위해 긴긴 동굴을 만
듭니다. 하지만 당신이 탄 지하철은 이름 없는 동굴의 미로
속에서도 용케 길을 찾아 당신을 배달할 테지요. 하지만 이
안에 당신이라는 쓰기가 끝끝내 말하고자 했던 서정과 미래
따위는 없군요. 그런 것들은 대체 어디에서 시작되었을까
요? 책상 아래입니다. 아침입니다. 마야콥스키의 권총이나
예세닌의 마지막 잉크를 생각하면서 난 자위나 줄여야겠습
니다. 새로운 각오 속에서 당신과 당신의 마음의 노역과 곤
욕스러운 이 가정을 버티고 있는 모국의 국기 색깔을 떠올
립니다. 나의 국적은 어디입니까? 책상 아래입니다. 당신이
라는 쓰기의 등을 열어젖히고 들어갑니다. 당신과 내가 세
웠던 육신의 유적지들을 배회합니다. 하지만 아침마다 새파
란 눈을 깜박이며 모르몬교도들이 자꾸만 찾아와 피안을 이
데아를 영겁을 말합니다. 용서와 사랑을 말합니다. 그런 것

들은 대체 어디에서 시작되었을까요? 책상에 앉아도 이 아침은 끝나질 않습니다. 아기들은 울기만 합니다. 지구 따위는 멸망해버렸으면 좋겠습니다. 당신의 자궁을 기억하기 위해 웅크립니다. 나에게 더 가까워질수록 아침입니다. 책상 아래입니다. 어둠이 뚫어놓은 이 동굴은 나를 어디로 배달하고 있습니까?

백지

백지다. 누군가 제 감옥을 토해놓고 갔다. 의심이 많아졌다. 백지의 아름다움을, 백지의 완벽함을 생각했다. 이젠 누구의 말도 믿지 않을 테다. 길 고양이 한 마리 제 배 속을 활짝 열어놓은 채 죽어 있다. 죽은 것만이 진실하다. 나 역시 죽은 적이 있었다. 산 적이 있었다. 그리고 무슨 말이든 하고 싶었다. 백지다. 창밖으로 눈과 비가 섞여 내린다. 일기예보는 자주 틀리고, 당신의 눈물도 자주 틀린다. 당신의 정치는 더 자주 틀린다. 모두들 백치다. 보이는 것만이 실재다. 보이는 것만 믿을 테다. 결국은 내 몸이 내 전 생애. 선동가들은 깃발을 모으고, 나는 내 몸을 모은다. 나는 여러 사람을 살았지만, 내게는 아무런 사건도 일어나지 않았다. 바퀴벌레를 죽였다. 개미를, 모기를 죽였다. 모두들 죽은 적이 있고 산 적이 있지만, 목숨의 질량은 서로 다르다. 백지 앞에서 백치들은 완벽한 두려움을 상상한다. 죽은 벌레들을 당신의 눈동자 속으로 넣었다. 눈을 감자, 벌레들은 밤의 철제 계단을 향해 흘러갔다. 검은 구름 아래로, 검은 눈동자 아래로, 검게 죽은 손톱 아래로. 그쪽을 향해 몸을 눕히면, 계단이 나를 오른다.

사랑의 역사

이별하는 연인들은 말을 버리다가 말에게 버림받는다. 그들은 서로에 대한 눈의 쾌락을 잊어버렸기에 현실 앞에서 과거를 조작한다. 거울이 평평한 것은 현실만을 기록하기 때문이다. 영혼은 제 감정의 단어들만 알 뿐이다. 물고기는 어떻게 사랑을 나눌까? 수족관 앞에 앉아 온종일 들여다보지만, 서로의 나체가 상한 고깃덩어리가 될 때까지 그들은 눈 감을 생각을 않는다. 눈을 감는 순간 과거는 군내를 풍기며 존재하지 않는 페이지 속으로 육박해 들어온다. 개새끼, 종로 3가 한복판에서 싸우고 있는 술 취한 연인을 바라보며 담배를 문다. 누가 누구를 먹고 누가 누구에게 먹히었던가? 말이 사라지면 나도 너도 그저 고기로 태어난 고기일 뿐이다. 사람에게 새끼를 잃은 코끼리는 사람을 잡아먹었고, 코끼리에게 새끼 잃은 인간들은 그 코끼리를 죽였다. 코끼리의 배 속에서 열일곱 구의 시신이 나왔다. 그 내부에서 너덜너덜해진 알몸 덩어리들. 의미가 멈추면 광기가 시작된다. 사랑을 나누던 모습 또한 그러했다. 사람은 어떻게 사랑을 나누었을까?

서정

살과 살
우리는 서로에게 쏟아지며
완성된 감옥이라면,
어제의 말, 오늘의 말, 우리의 눈동자를 깨뜨리며 닥쳐올
말이
이 모든 말의 합이,
우리에게 일어났던 끔찍한 말의 기적들이
가을 들판에 일렁거리는 붉은 꽃, 그 붉은 꽃의 사납고 부드
러운 이빨, 그 이빨을 뜯어 먹는 시간의 붉은 아가리라면,
들리지 않는 말, 들려오는 말, 기억되지 않는 말이
이 모든 말; 우리가 내는 모든 소리들의 합이,
그 소리가 만드는 액체들이
기억에 갇힌 채 귀를 막고 가라앉는 사랑이라면,
살과 살
그것은 온통
피로 씌어진 언어의 화살*,
서로의 감옥 속으로 쏟아져 들어와
모든 말이 없어질 때까지

서로의 입을 찢는,

찢긴 입 속으로 익사하며

기어코

기억이기를 단념하는,

* 김남주, 「길」에서.

식육의 방

마음과 뼈만으로도 살 수 있어.

과연 그럴까, 당신이라면 그것이 가능할까,

고민하는 사이

당신의 붉은 입 뒤편에서 미동도 없이 서서히 깨어지는

은빛 창문.

우리의 뼈가 뒤섞일 수 있을까,

우리의 마음은 대체 어디로 날아가버릴까, 그러면

어제의 당신과 내 유년의 골짜기는 무슨 빛깔을 띨까?

저리도 가볍게 비석을 빚는 하나님의 검붉고 두터운 손,

하지만 물의 뿌리를 흔드는 손, 그 손을 움켜쥐고

이 방의 창문을 깨고 있는 창밖의 세계여,

실은 너조차도 더러운 것은 아닐는지.

하늘에 가득한 비문을 읊으며

차라리 우리는 서로의 방을 꿰매자.

우리의 방바닥이 무저갱 속으로 가라앉을 때까지 춤이나

추자.

거룩한 유폐들로 가득한 창 안의 세계에

곱게 누워 나의 검은 뼈가 들어오기를 기다리는

당신을 보며

나는 차라리 당신의 입을 지나 밤새 그 손을 빨고 싶기도
했지.

그 손이 투명해질 때까지,

마음과 뼈가 서로 다른 곳을 향하여 뛰어갈 때까지.

비겁함, 두려움, 공포, 증오, 모멸감……

또 무엇을 읽을 수 있을까?

저 창이 깨져버리면 당신은 도망가겠지.

그러니 이제 내가 당신의 입술을 물고 있어야지.

그런데 여기는 누구의 방일까?

누가 저 창을 깨버리고

누가 누구의 방을 삼킨 것일까?

이후의 방

이 방의 익숙함을 키워야지

당신이 돌이킬 수 있도록

베란다 한 귀퉁이에 버려둔 깨진 화분에서 이름 없는 잡
초들이 올라오고

줄기와 줄기 사이 거미가 희끄무레한 집을 짓고

당신은

여기로 올 테지,

이 방이 희미해져가기 전에

이 방과 함께 숨 쉬던 살들과 뼈의 붉은 비밀들이

당신의 부재와 함께 달아나기 전에

당신이 보낸 작은 벌레들이라도 거미의 집을 찢고 들어올
테지

그러니

날 이 방의 귀퉁이들에 비끄러매야지

컵 속에 담긴 우유가 단단해져가듯

지나치게 선하던 한 친구의 흰자위에 검은 점들이 박히듯

손톱 끝으로

사라져가는 벽을 긁으며

사라져가는 기둥을 세우며

이 방을 성난 늙은 광장의 시간들로부터 지켜내야지

서로 다른 신神들의 목소리로부터도

더욱 공평해지는 악惡들로부터도

눈을 감으면 당신은 이 방을 찾고 있겠지

나의 비겁과

나의 졸렬함과 변명들과 뒹굴다가

서로를 훔치다가

서로의 창세기를 온종일 들여다보던 서툰 골목의 시간들을

나는 더 익숙해져야지

나의 방의 사라짐으로부터

나는 나의 방을 숨 쉬며

온종일 눈을 치켜뜨고 창밖의 분노와 희망의 욕망을 곱씹

으며

이제 당신의 얼굴조차 볼 수 없다고 해도

당신이

돌이켜줄 테지

시놉티콘

당신과 나를 생각한다. 아직 태어나지 않은 딸을 생각한다. 가정과, 가정의 행복과, 국가라는 평화와, 평화의 공포를 생각한다. 담당의는 말이 없는 사람이다. 보이는 것의 목소리를 생각한다. 보이지 않는 것의 낯익은 얼굴을 생각한다. 말한다. 만진다. 국가의 본능을 생각한다. 마음의 기슭에선 대기와 피가 망각된다. 당신이 사라진다. 사라진 당신을 만지면 손톱 끝에 핏방울이 맺힌다. 핏방울을 머금고 연한 잎이 돋는다. 담당의는 나의 동공 속으로 붉은 빛을 쑤셔넣는다. 당신의 작고 동그란 입술을 생각한다. 이 가정 속에 당신이 뚫어놓고 간 구멍을 생각한다. 구멍 속에서 손을 뻗어 아직 태어나지 않은 딸의 손을 만진다. 단 한 사람도 서 있을 수 없는 좁디좁은 광장을 생각한다. 비명의 공동체를 생각한다. 광장에선 무덤처럼 해가 뜨고, 땅을 파면 불개미가 쏟아진다. 창 안에선 검은 눈의 여자들이 아이들에게 이불을 뒤집어씌운다. 때론 목을 조른다. 담당의가 쓴 글은 알아볼 수 없다. 손톱을 뜯어 먹는다. 가정의 현재와, 국가의 안위와, 알록달록한 괴물의 알을 생각한다. 담당의의 글이 점점 더 길어진다. 늘어난 알약의 개수를 생각한다. 당신을

생각한다. 당신의 해방을 생각한다. 태어나지 않을 딸을 생
각한다.

복화술사

당신이라는 쓰기로 도망쳐왔던 울음들이,

그 울음들 바깥으로 기어 나오는 벌레들을 눌러 죽이던 밤들이,

끝없이 맴돌던 그 밤의 후렴들이 편지합니다.

사람의 길을 걸어야 했던 주름과 신음의 나날을 지나

편지는 달려와 인사를 건넵니다.

당신이라는 쓰기의 바깥에서 서성이는 모든 주어主語들에게,

주억거릴 머리를 잃은 채 울고 있는 불구의 문장들에게,

사람은 안녕합니까?

주먹 쥐는 법을 아는 순간 나는 주어가 되어 두려움을 배웠습니다,

쓰기의 두려움을, 쓰기 바깥의 당신을, 당신이라는 쓰기를.

공포는 고요하고,

고요에 시달리면 시달릴수록 나는 쓰기에 가깝게 되었습니다.

나는 물질입니까?

마음의 노역입니까?

아니면 아무런 주장도 분노도 결말도 없는 선언입니까?

당신이라는 쓰기 속에서 나는 밤의 두려운 주먹질입니다.

시커먼 손톱 밑에서 밤의 후렴들에 맞춰 춤을 추는 벌레들은,

우울증을 앓던 두 번째 애인이 밤마다 입 바깥으로 내뱉던 얕은 신음과 무척이나 닮았군요.

사람이니, 당신은 주어가 됩니까?

당신이라는 쓰기가 보낸 편지 속에서 밤새 공포의 공장이 돌아갑니다.

편지를 접으니 이 네모난 방이 접히고,

나는 납작해져 당신이라는 쓰기가 보낸 편지가 됩니다.

당신은 밤새

닫히지 않는 눈동자와 푸가를 지나

썩어가는 당신의 천국을 지나

회송될 편지를 쫓고,

나는 밤새 나를 펼칠 당신을 기다리며

돌아올 당신에게 다시 편지합니다.

편지를 펼치면 그 많던 서정과 울음과 이미지들이 사라지고

왜 텅 빈 방만 존재할까요?

　나는 깨끗하게 사라진 내 몸을 들여다보며 인사를 건넵니다,

　완벽한 복화술로

　후렴처럼 울면서.

살가죽부대

옆집에서 하루 종일 드릴로 구멍을 뚫어 잠을 잘 수가 없어요. 그래도 아침이면 입이라도 옮아 붙어 있으니 난 말이라도 할 줄 아는 사람인 셈이죠. 그래요, 나 역시도 잘 살고 싶은데 아내가 개나 낳으면 좋겠어요. 건전하게 神이나 배우며 사람을 연기할 수는 없을까, 고민하며 방에 누워 있다 보면 팔다리가 짧아져가지요. 어떤 사람들에게 정의는 사치일 뿐이에요. 정의가 단 한 번도 그들을 보호해주질 않았으니까요. 밤이 되면 아내는 돌아와 내게 정의를 구속하겠죠. 거대한 정의는 안온해도 작은 정의는 무서워요. 특히 아내의 정의 말이죠. 장마가 끝났는데 눈이 와요. 갈수록 천장이 가까워지죠. 아내가 옆집 사람을 사주했을까요. 드릴 소리는 멎지 않고, 봐요, 벽에서 튀어나와 꼼지락거리는 손가락을. 벽을 기어올라 손가락을 빨아요. 몸이 거대한 살가죽부대가 되어, 천장과 바닥 사이에서 굳어가요. 태양은 왜 저렇게 부지런할까요? 지금쯤 거울 너머에 가 있겠죠. 아내는 돌아오질 않고 나는 상상합니다. 벽에 걸린 살가죽부대를. 질질, 밑이 터진 살가죽부대로 쏟아져 내릴 이 헐벗은 정의들을.

두려움의 방

그 밤을 끝내기 위해 재앙을 빚는다.

밤의 은밀한 색깔을 핥는다.

이제 보이는 모든 것이 나의 소유다.

혁명가도, 학자도, 독재자도, 못 돼먹은 애인도

이곳엔 가득하다.

마음의 꼬리를 자르고 뒤돌아보지 않는다.

밤의 색을 머금은 채, 말을 멈춘다.

말이 멈추는 자리에서 재앙은 태어난다.

싱싱한 재앙을 머금고 측백나무 뾰족해진다.

불안한 천사는 어디에서 날고 있을까?

나는 밤의 껍질을 찢는다.

밤이 내 머리 위로 쏟아져 내린다.

사람의 육체에서 물이 고이는 곳,

그 모든 밤이 그곳에 모여 있다.

나는 이것과 똑같은 주머니였던 적이 있다.

하지만 그게 전부였다.

모든 물이 빠져나간 죽은 고양이의 배 속에서

말라 죽은 구더기들처럼

밤의 은밀한 색깔이 내 머리 위로 쏟아진다.

나는 나의 두려움을 상상한다.

당신과 독재자와 늙은 아버지의 두려움을 상상한다.

두려움과 두려움이 만든 반복과 순환의 재앙을,

당신의 유령이 나의 멱살을 잡을 때까지 상상하며

밤의 주머니가 된다.

주머니 속 모든 물을 받아먹으며

측백나무 나날이 뾰족해진다.

불안한 천사는 어디에서 날고 있을까?

모두에게 불안과 두려움을 들키지 않기 위해

천사는 더 투명해진다.

그리고

내 모든 손가락들이 부러진다.

아무것도 쥘 수 없다.

이암 泥巖

어젯밤 꺼내놓았던 나의 하얀 새들이 다 죽었네. 돌의 틈을 벌려 죽은 새를 넣으니 창밖 잎사귀 검게 물들며 펄럭였네. 엄마, 새가 날갯짓하는데도 자꾸만 내 방이 땅속으로 가라앉아요.

아무리 팔을 펄럭여도, 밤은 물러가지 않았네. 누구의 목소리가 나무의 뿌리를 흔드나, 나뭇가지 자꾸 창을 때리네. 창을 열어주자 나뭇가지 소리를 지르며 방 안으로 기어들어오고, 방 안은 내 뼈 검게 물들어가는 소리와 나무가 지르는 고함으로 가득하네. 엄마, 귓속에서 잎사귀들이 자라요.

귀를 틀어막으니 어젯밤 죽은 나의 새들이 뒷산 너머에서 날아오고 있었네. 집 밖으로 나와 밤하늘을 보았네. 수천 마리의 죽은 새들이 부서진 지붕의 어깨에 켜켜이 쌓여가고 있었네. 집은 무릎을 꿇은 채 덜덜 떨며 가라앉고 있었네. 나는 땅속으로 가라앉고 있는 내 방을 보네.

엄마, 방에 누워 있는 저 사람은 무슨 죄를 지었나요?

〉

　왜 저 사람은 온종일 방 안 가득 검은 흙을 토하며 뒹굴고 있나요? 내 방에 누워 있는 사람을 향해 힘껏 돌멩이를 던졌네. 돌멩이는 날아가다 새가 되어 벽에 부딪쳐 죽어갔네. 나는 밤새도록 새의 알을 토하고 있었네.

나의 이데아

보이는 것들의 감옥이 있어

짐승을 잡아먹는 붉은 식육의 꽃이 있어

붉음이 직업이던 나날들이 있어

천국은 이미 당신의 것

늙고 눈먼 개를 낳아야만 하는 회임의 시간이 있어

당신의 눈동자 속에서 꺼내 먹은 새 한 마리

연한 낫과 망치 속에서 익사한

당신의 말

당신의 물

아름다운 공포가 자라나는 창밖에는

푸르게 병이 들 때까지 새들의 울음을 모으는 나무가 있어

눈이 멀어

주인을 뜯어 먹는 개가 있어 의미가 없으면 없었을

당신의 문장들은,

당신이 키워낸 문장들은

고통의 고요한 형식

온종일 바라본 오래된 흑백사진 속에는

뺨이 없는 얼굴이 있어

손가락이 없는 손이 있어
당신이 없었으면 없었을 칼이 있어
당신이 사라진 의미가 붉게 녹슨 나무를 분지르고
나뭇가지 속에서 쏟아지는
고통의 천국이 있어

동백

이 밤이 저 많은 시체와 그 속의 뼈와 살과 그것들이 들고 있던 깃발들을 어떻게 처리하는지 보렴. 네 손이 너를 버리고 달아나는 풍경 속에서도 눈을 뜨고 있다는 사실만은 인지하고 있으렴. 네 손이 무슨 짓을 했는지 모르겠더라도, 지금 이 세계의 절반은 밤을 향해 회전하고 있을 테고, 시간이라는 벌레들은 모든 증언들을 먹어치우고 있을 게야. 우리는 더 이상 솔직해질 수 없겠지만, 증언이 사라지면 결국 죄도 사해지겠지. 우리의 죄가 저들을 자유케 할지도 모를 일. 차라리 신이 더 많은 하류들을 우리에게 허락하길, 이 밤보다 더러운 강물들이 우리 영혼의 이마까지 차오르길 기도하렴. 몸의 절반이 시체가 된 사람들은 말하겠지. 봐, 우리가 얼마나 화려하게 병들었는지. 너는 꼭 내가 죽은 얼굴만 같구나. 이 밤, 비는 공중에 멎은 채 굳어 있고 우리는 어떤 이미지가 되어 회전하는 밤 속을 떠다닐까. 절반의 시체들. 절반의 밤들. 절반의 입술들. 내 몸을 찢고 달아나는 교활하지 못한 괴물들. 다리 없는 말들마저 이번에는 너무 멀리 가버린 것 같구나. 너무 멀리 있어 너는 꼭 침묵하는 것 같구나.

그리고 끝끝내 손가락 끝에서 피 대신 쏟아지는 투명한 물들. 밤새 목 떨어진 동백, 아무도 모르게 붉게 물들일.

이명 耳鳴

귀가 없으니 완전하구나.
가끔 우는 것, 가끔 죽는 것, 가끔 따뜻해지는 것.

병을 나눠 먹으며
내 아이는 자라나 귀신이 된다.
심장처럼 붉은 바람 나눠 먹고
또 다른 아이들은 자라나 전쟁이 되거나
동정이 된다.

내 시체를 봤다는 사람들이 있다.
내 목소리를 들었다는 사람들도 있다.
그것 때문에
울고, 죽고, 죽이다가 따뜻해지거나
멸망한다.

제 지방紙榜을 쓰는 법을 가르쳐주던 노인의 굽은 등 속에
거대한 알이 자란다.
그 속에는 쓴 물 같은 호흡.

먼저 태어난 자가 더 오래 살 수도 있다.

저기
걸어가는 것은 늙은 울음

귀가 없으니 완전하구나.

비문

내 혀를 가지고 내 뺨 안에서*

잉크가 없어

피로 마지막 줄을 적고 자살한 예세닌처럼

내 혀를 가지고 내 뺨 안에서

내 무덤의 비문을 읽으면

문장의 끝이 문장의 시작이 되고

의미의 젖꼭지에서 떨어지는 한 모금

오늘 밤, 당신은 누구의 비문입니까

당신이 오침을 방해하는 파리를 향해 파리채를 휘둘렀을 때

파리의 내장이 폭발하고

파리가 구성한 육체의 두께가 사라질 때

나는 죽은 파리보다 납작해져

육체가 버리고 간 그림자가 되고

바닥에 눌어붙은 채로

바닥에서 벽으로,

벽에서 천장으로

기어 다녀

방은 젖꼭지처럼 점점 까매지고

방이 까만 젖이 되어

굶주린 당신의 동공 속으로 떨어질 때

의미의 젖꼭지에서 떨어지는 한 모금

한 무덤의 배腹에서 밤새 흘러넘친 비명

오늘 밤, 당신의 성대는 어떤 백치의 목관악기입니까

나와 똑같은 방식으로 태어난

당신의 문장은

너무 멀리 떠나 죽어버린 나처럼

오늘 밤, 누구의 비문이 되어 울고 있습니까

* 마르셀 뒤샹.

2부

측백 側柏

이 나무 좀 봐.

모든 감각인 잎사귀들 흔들리며 말라가는 소리 들어봐.

나는 이 흰 나무에 밤새 네 그림자를 파고 있어.

이 편지가 네게 닿을까?

내가 눌러쓴 글씨들

검은 낫이 되어 네 손바닥을 뚫고 찢을 수 있을까?

고민하는 사이

엽맥들을 분지르며 겨울이 지나가.

모든 감각이 사라진 이 나무 좀 봐.

더 이상 아무런 고통도 자라지 않아 이 뿌리들 이제 내 손
가락이야.

등 맞대고 앉아 외우던 옛 노래들도 강령들도,

너의 귓속으로 몰래 흘러들게 했던 나의 옛 말들도

이젠 기억나지 않아.

나는 이상하게도 자꾸만 멍청해져.

부러진 나뭇가지로 온종일 나무의 몸통을 쑤셔도 편지는
완성되지 않고.

봐, 나무의 그림자만 선명해져.

나무의 그림자 위에 앉아 있는 너의 검은 눈동자만 선명
해져.

나는 도망치고 있던 것일까?

낡은 가죽 소파를 뛰어넘고,

책상 위에 쌓아놓았던 이국의 책들을 뛰어넘고,

밤새 삐걱거리던 침대를 뛰어넘어서.

그런데 여기는 어디일까?

그리고 왜 내 손은 사라지고 없어진 걸까?

내가 쥐고 있는 이 흰 종이 구겨지는 소리를 들어봐.

종이의 구김에

내 손가락들이 잘리는 소리.

그리고 흰 종이 위에 번지는 붉은 그림자.

멀리 기울고 있는 나무로 만들어진 별들의 반짝임.

이게 너의 답장일까?

나의 편지일까?

뿌리 없이도 이 흰 나무 자라나는 소리 들어봐.

메멘토 모리

나는 내가 복무하고 있는 이 쓰기가 마뜩지 않네. 언어 바깥에서 존재하는 몽상과 내가 복무하고 있는 쓰기와 쓰기라는 복무함에게 요구되는 윤리들이 맞부딪히는 것. 결절과 관계되어짐과 사람처럼 사는 것이 뒤엉키는 것. 과연 그 이상일까? 내가 자네를 본 것은 이런 생각들을 하며 비틀비틀 밤거리를 홀로 걷고 있었을 때였네. 자네는 흠뻑 젖은 작은 인형을 안고 있었지. 내가 자네의 팔을 붙잡았나? 아니면 자네가 내게 담배를 빌렸나? 정확히 기억나지는 않지만 자네는 찬 바닥 위에 인형을 내려놓았고, 인형은 희뿌연 연기를 뿜으며 물이 되어 우리의 발밑으로 흘러들었고, 우리의 발은 젖어 들었고, 젖은 채로 우린 같이 긴 시간 동안 말없이 앉아 있다가 일어났지. 귀에서 뚝뚝 물을 떨어뜨리면서. 그게 다네. 그리고 자네는 어디로 갔을까? 그리고 나는 어디로 온 것일까? 요 근래 전집을 낸 소설가에게 자네에 대한 이야기를 했더니, 그가 자네의 인형을 꺼내더군. 그러고서 그는 술 한 잔을 비우고 담배를 피워 물더니 연기 속으로 사라졌네. 나는 그가 사라지는 소리를 흉내 내며 그가 놓고 간 자네의 인형을 들고 거리로 나섰지. 나는 나의 쓰기들이 바깥을 향해 열려 있지 못하다는 지적을 되뇌며, 간혹 집 앞에서 보던 새끼 고양이가 어느 날 다리 한쪽이 뭉개져버린 사실에 내가 얼마나 울었던지 사람들에게 말해주고 싶었지. 나의 쓰기라는 것은 이 싸구려 멜랑콜리와 바늘 하나 들어가지 못할 만큼 굳어져버린 당대의 심장 사이에 있는 것이라고 중얼거렸네. 하지만 그게 다 무슨 소용이겠나. 아내 몰래 바람을 피웠었어도, 책방에서 몰래 내 책을 훔쳤었어도 거대한 윤리 앞에서 나는 자유롭지 않은가. 딱딱한 밤 속을 부유하고 있는 수많은 사념들. 인형은 내가 걸으면 걸을수록 무거워졌네. 이 밤 나는 자네의 인형과 말없이 앉아 있네. 그리고 우리의 머리 위로 내가 복무하는 수많은 쓰기들이 붕붕거리네. 그것이 나의 사념인지 인형의 사념인지 쓰기의 사념인지 알 수 없지만, 나는 나의 쓰기가 완성되는 지점이 공중이라는 것이 마뜩지 않을 뿐이네. 왜 저 공중의 쓰기들이 물이 되어 내 귀에서 뚝뚝 떨어지고 있는가? 자네는 어디로 갔을까? 그리고 나는 어디로 온 것일까?

마리포사

혁명의 첫날을 기억하나? 나는 서둘러 서가의 책들을 폐기했지. 이 연기가 나의 몸을 떠올려줄 것이라고 믿는 양, 온종일 방에 틀어박혀 담배를 피웠지. 북쪽 끝은 본 적도 없고 지도에도 없는데, 지도에도 없는 것들이 나타난 것이네. 나는 온종일 라디오에 귀 기울이며 자전字典에서 사라진 말들을 상상했네. 다음 날이면 으레 책상에 앉아 전표들을 정리할 것을 알면서도 말이지. 하지만 이 전표에 기록되어 있지 않는 수많은 허수들은 어떻게 해야 한단 말인가. 나는 자네의 유령과 서랍 속에 나란히 누워 수많은 별들을 바라보며 말했지. 내일 아침이면 이마에 뿔이 달린 사람들이 운전을 할 게야. 사무장은 새로운 색깔의 완장을 차고 있겠지. 자네의 유령은 그까짓 일로 사내 녀석이 겁먹으면 쓰겠느냐며 힘내라고 했지만, 미안하게도 아무런 위로도 되지 않았네. 서랍의 밤이 끝나지 않기를 바랄 뿐이지. 그래, 자네 말대로 이제 아무도 나를 미워하지도 사랑하지도 않지. 일체의 감정이 사라졌어. 그것은 저 꽃이 덜 아름답기 때문이네. 그런데 저 꽃의 이름은 무엇인가? 베고니아? 달리아? 식물도감에서 본 꽃과 실제의 꽃이 너무나 다르듯, 나는 소설 속의 감정들을 내게서 느낄 수조차 없지. 그런데 나는 왜 한 번도 본 적 없는 나비의 혀 때문에 서가 앞에 서성여야 했던가. 서랍은 열리질 않고, 나는 아직도 첫날이네. 첫날의 나날들인데, 서류가방 속 주판이 저 혼자 덜그럭거리는 바람에 밤새 숫자들을 더하고 빼고 곱할 수밖에 없었네. 그래, 달라질 건 없지. 마트료시카처럼 자네의 유령 안에는 또 다른 자네의 유령들이 나오고 나와 면도를 하고 넥타이를 매고 북쪽 끝으로 서둘러 달려가네. 나는 또다시 서가의 책들을 태우고, 그런데 자네 서류가방을 놓고 갔군. 대체 나는 어찌해야 된단 말인가?

자백의 기술

나는 자꾸만 멍청해지네. 상관없네. 사람들은 자네처럼 다시 산으로 올라가 숨네. 마치 혼자 웅크려 벌레를 주워 먹는 아이처럼. 전쟁이 날 것 같네. 상관없네. 어제의 색깔을 숨기고 나는 자네와 악수를 하지. 개새끼. 하긴 내 울음이 누구를 협박할 수나 있겠나. 냉장고 속이 여기보단 환하고 따뜻할 것 같네. 상관없지. 나는 나 자신을 너무나 많이 복제해 놓아버렸네. 내가 자꾸만 멍청해지니 언젠가 내가 쓴 문장들은 나를 배신할 것이 틀림없네. 상관없네. 공동체라는 것은 얼마나 깨지기 쉽던가. 이 밤이 지나면 자네는 자네의 공동체로 나는 나의 얼음 속으로 돌아가겠지. 이젠 상관없을 테지만, 자네에게 여기가 얼마나 따뜻한지 말해주고 싶었네. 나를 따라온 이 개미들을 보게. 내 집을 갉아먹던 것들이네. 집 따위는 무너져버려도 상관없네. 때가 되면 자네의 주머니에 넣어주겠네. 나는 자꾸만 멍청해지니, 내 울음이 나에게서 도망쳤네. 상관없네. 왜 나는 거울 바깥이 아닌 거울 안에서만 자네를 만날 수 있는 걸까. 상관없네. 나는 자꾸만 멍청해지니까. 자세히 보게. 짐승이 짐승을 잡아먹고, 나무가 나무를 잡아먹네. 공생도 결국 누군가의 목숨 값이네. 나는 자꾸만 멍청해져 온종일 냉장고를 열고 먹고 또 먹고 먹고 또 먹네. 자네에게 꼭 말하고 싶은 것은 대개의 경우, 어떤 상황에서도 못된 기억들만 귀를 벌리고 있다는 사실이네. 기억의 악령들이 자네의 어깨 위에 걸터앉아 자네의 입양 끝에 억센 손가락을 넣고 억지로 입을 벌려 자백하게 할거네. 나의 본심은 어디에 있는가. 자네의 악행을 누가 기록했을까. 전쟁 따위야 무슨 상관인가. 나는 나의 악행만을 기억할 뿐이네. 자네의 자백이 나의 멱살을 잡을 때, 우리가 믿던 신들은 어디에 있었을까. 바라보는 모든 곳마다 텅 비어가네. 말을 할수록 내가 사라지는 것 같네.

구주 救主

태국에선 사람들이 거리에 피를 뿌리며 시위를 한다지.
누군가 그랬어. 이 지구에서 인간만이 복사물이라고. 모조
물들이 만들어놓은 세계. 왜 내 방에 놓인 화초들은 생식기
도 없이 죽어나갈까. 이유 없이 以後가 없는 것처럼 말이야.
거울이 비로소 소리를 얻는 순간처럼 想이 사라지면 피도
사라지고 내 핏속의 불구들도 사라질까. 너무 많은 피가 있
고 너무 많은 몸이 있고 이 몸피 속에 기거하는 것들의 칭언
稱言을 듣다 보면 救主가 도적처럼 오는 까닭을 알 것만 같
아. 말이라는 편리한 허구. 외침 혹은 비명이라는 리얼리티
의 환영. 저 피는 잘못된 색깔만 같고, 거울 앞에 서면 오른
쪽과 왼쪽이 뒤바뀌어서 소리가 없지. 소리 소문 없이 救主
가 말을 피해 재림해. 피를 뿌리는 사람들. 세상에는 救主가
너무나 많아. 모조물들이 만들어놓은 口主. 거울이 소리를
얻었을 때, 거울의 말을 들어봐. 내 피는 아무런 상관이 없어
요. 내게 속한 것이 아니니까.*

* 잘릴라 바카르(Jalila Baccar), 『주눈(Junun)』에서.

56

검은 목련

이 알 수 없는 두려움이 사라지면 말이 사라질 거라고 했었지. 그러나 말이 사라지기 전에 모두가 죽네. 죽어버릴 테지. 그리하여 그것이 이루어졌네. 거울에 빠져 익사한 지 8년째. 환상 속에서 나는 안전하네. 나는 지금의 나 자신에 대해 비교적 만족하고 있지, 우리의 악기가 늙어갈 뿐이고 노래하던 목소리들이 하나둘 줄어든다 하더라도. 자네는 또 밤새 나의 악기를 어루만졌군. 보게. 병病만 진보하네. 우리가 함께 외우던 이국異國 신들의 이름들. 그 이름들의 평화 속에서 영혼은 그저 썩어갈 뿐이지. 정말 신비스러운 것은 우리가 그저 늙고 그저 죽을 뿐이라는 사실이네. 우리는 신비주의자. 우리는 비관주의자. 우리는 비겁한, 무지한. 이 피리를 보게. 온몸이 구멍이네. 손가락이 모자라네. 이제는 다른 식으로 호흡해야 하네, 붉은 우리의 회색처럼, 폭설 속에 피어난 저 붉은 이빨의 목련이 질긴 진실들이라 하더라도. 지겠지. 모두 지고 말겠지. 이젠 아무리 거울을 닦아도 내가 보이질 않네. 난, 보고 있네, 거울이 얼마나 느리게 깨어지고 있는지를, 거울 안에서 유황칠을 지우고 있는 내 손톱의 참담한 부드러움을.

치차齒車의 밤

몸속에서 톱니바퀴가 자라네. 비로소 사람이 되어가는 중이지. 그런데 자네의 공장은 너무 멀리 있어 어둠이로군. 자네는 보고 있나. 한때 영혼이라 불리던 이 빛들을. 초승달이 별과 구름을 삼키며 밤하늘을 굴러다니는 밤이네. 그곳은 모태던가. 이 흰 종이는 내 방을 휘돌고 거울로 이어지지. 그속은 아직 누구에게도 보여주지 못한 공장이네. 슬픔이, 고통이, 살기 위해 기생해야 하는 묵종과 치욕의 시간이 여전히 돌아가고 있네. 잠이 오지 않는다고 칭얼대던 낯모를 소녀를 재워놓고선 그 등 속 깊고 어두운 허공에 손을 넣고 휘휘 저었네. 그곳 또한 귀뚜라미 우는 소리 가득한 무덤이더군. 손끝으로 소녀의 등에 비문을 적네. 그리고 다시 몸을 비벼 아귀를 맞추지. 견딘 만큼 아문다면 좋은 세월일 텐데 가방은 계속 쓰러지고 쉴 새 없이 물들은 역류하네. 땅속에서 굶어 죽은 이들에겐 영혼이 없다지. 이토록 많은 태양과 별의 아귀를 맞춰도 감각의 미세돌기들은 반응하지 않고 배고픔은 멈추지 않네. 자네의 마지막 밥 한 숟가락, 그것은 기억일 테지, 기억이 발하는 인광일 테지, 언젠가 이 흰 종이를 가득 채울. 그러니 부탁이네. 기억의 응어리로 내 거울을 들

고 서 있어주겠나. 그렇다면 비로소 나도 거울 앞에 설 수 있
겠네. 언젠가는 나 역시 거울 속으로 뛰어들어 말할 수 있겠
지. 들리나, 공장이 돌아가네. 이 또한 자네의 공장이네.

문화당서점

목욕탕, 동사무소, 은평상회에 햇볕이 드네. 이 도시에선 사람만 빼놓곤 모든 게 잘 보이지. 오늘도 술집이 즐비한 연신내 골목 귀퉁이에, 어울리지 않게 자리한 헌책방에 앉아서 온종일 고향을 생각한다네. 그곳은 古語들의 세계지. 현실로 내동댕이쳐진 단어들을 주워 혀 속에서 굴려보네. 그저 소리라 불리는 것들. 시계탑의 그림자는 말들의 정처이고, 나의 고향은 백지장의 공포라네. 그저 두려움을 상상하고 상상에 시달리다 나는 늙어버릴 테지. 나는 나의 짐승들을 불태우네. 세상 모두가 적이라면 도리어 자유롭네. 도리어 해탈할 테지. 고기 냄새를 맡고 머리 둘 달린 돼지괴물들*이 몰려드네. 그들은 곧 나의 입을 먹어치우겠지. 나의 가슴엔 시체와 변소뿐이라네. 옛날엔, 아주 옛날엔 나도 자유로운 괴물이었지. 그런데 결국은 감옥을 모았던 게야. 비명이 혁명이 되는 것은 19세기적일 뿐이었지. 아무리 머리를 맞대어도 시제時制를 바꿀 순 없었어. 그래, 의미가 말을 피해 도망치기 시작했지. 그저 소리라 불리는 것들. 말이 되지 못한 말들을 찾아 언제부터 내가 이곳에 있었는지 모르겠네. 나의 짐승들이 타네. 머리 둘 달린 돼지괴물들이 몰려드네.

자네가 이 편지를 받는다면 이곳으로 와서 나를 발음해
주게.

* 조지 오웰.

기억 후의 삶

여기에선 기억만이 자라고 있네. 기억이 자라나 방이 되었지. 이 방에 앉아, 더 이상 기억할 것이 없을 때까지 나는 쓰네. 방 밑으로는 안락하고 무한한 지옥이 흐르지. 가끔 자네가 방 밑에서 기어 나와 내가 기록한 것들을 읊기도 하네. 기록된 것들은 기억의 뼈가 되네. 그것을 진실이라 불러도 좋고, 역사라 불러도 좋네. 결국 끝까지 기록된 사람이 승리하지. 자네는 내 손가락뼈를 하나씩 부러뜨리며 말하지. 이토록 가벼운 현실과 현실의 말들 따위는 나의 목록에는 없네. 창밖은 여전히 악행과 무관심으로 가득하네. 산 자들이 죽은 자들을 잡아먹고, 죽은 자들은 산 자들의 머릿수를 헤아린다고 신문에 적혀 있네. 물론 내게도 죽여버리고 싶다고 중얼거리던 날들이 있었지. 낯선 허벅다리 사이에 고개를 파묻고 고향 같은 것을 상상하던 날들도 있었지. 하지만 시간은 유령처럼 하얗게 불타며 도망쳤고, 보시다시피 이 방은 텅 비어버렸네. 조용히 누워 눈을 뜨면 왜 내 몸은 천장에 매달려 있을까. 자네가 부러뜨린 내 손가락들이 사각사각 책상 위를 기어 다니네. 손가락을 쫓아 밤새 방 안을 달리네. 아이처럼, 달리다 넘어지면 울어버릴 테지. 그런데 기억

속의 그 누가 엄마인 양 울고 있는 나를 안아줄 수 있을까.
기억은 왜 이리 빠를까. 그런데 눈물의 맛, 그것은 왜 기억할
수 없을까.

맹동 盲動

그것은 책의 일

목 졸려 죽은,

인형들의 붉은 입술과 어미의 배 속에서 거꾸로 떠다니는
눈먼 새끼 염소들의

가깟의 침묵, 가까스로

죽어 쭈글쭈글한 구멍이 되는 일

당신의 눈동자 속에는 이제 환상의 자리도 없고

굳세던 고통도 없고

가깟의 침묵 끝에

당신의 눈동자로 측백나무마저 붉어지는 일

그 붉음의 신음을 듣는 일

어린 시절 빠져 죽을 뻔한 얼음장 밑에서 본 붉은 핏덩어
리와 그 붉음 속의 어둠과 그 붉음의 신열 속으로

다시 몸뚱어리 던져 당신의 눈동자 속으로 흘러드는 일,

당신의 눈동자로 늙는 일

모든 강이 얼어 황지가 되던 시절부터

나와 당신의 살과 뼈와 구멍들이 차곡차곡 쌓이는 일

우리의 책이 펼쳐지는 일

책이 붉어지는 일

그 붉음에 눈이 머는 일

홀로코스트

부끄럽고 무섭지만 따뜻한 날들이여
헛수고의 날들이여
무덤처럼 부풀어 오르다가 파헤쳐질 우리의 배여
냉장고 속에서 싹을 피운 감자처럼 유령의 발자국처럼
계절은 스무 번이나 바뀌었는데
적의 영토는 하루에도 수천 리씩 늘었다가도 줄어드는데
나는 무엇을 보고 있었던가
어제 나를 받아먹었던 만신이여
땅으로
물로
대기 속으로
내 발자국을 던진 이는 누구인가
물질과 도덕의 파멸의 일상을 수태하다가 나를 낳은 배여
나는 우리가 필요없습니다
나는 없습니다 애초에
나는 없었습니다 없고 싶었습니다만
보세요, 패배자에게도 단단한 입술이, 단단한 정신이 존
재합니다

나의 이 헛수고들이여, 하루들이여

하루에도 수천 명의 사람들이 광장에서 사라지고

하루에도 수천 개의 감정들이 허구렁 속으로 가라앉지만

그 어떤 신도 인간을 직접 만진 적이 없듯

패배와 부재를 응시하는 눈이여

나의 안락한 헛수고들이여

나의 쓸모없는 지옥들이여

시취 屍臭

당신은 자신에게 얼마나 인자합니까. 당신은 벤치에 앉아 발밑에 우글거리는 개미들을 밟아 죽이며 당신은 자신에게 얼마까지 잔인할 수 있었던가요. 엽맥을 따라 나뭇잎을 찢으며 개미들 위에 피 섞인 가래침을 뱉으며 당신은 자신에게 지옥을 꿈꿀 용기를 허락한 적이 있습니까. 어젯밤 당신이 보기 좋게 때려눕힌 그 사내는 당신의 얼굴을 똑똑히 기억하고 있을 겁니다. 하지만 그가 과연 여기까지 찾아올 수 있을까요. 허구의 한가운데에는 참을 수 없는 악취가 진동하는데, 당신의 지옥은 당신에게 얼마나 안락합니까. 옆집 신혼부부는 일요일 아침마다 사랑을 나누고, 땀과 정액과 침이 속삭임과 교성에 뒤섞입니다. 사랑은 대체 무슨 냄새입니까. 그런데 왜 당신의 생활 한가운데에는 아무런 육체도 존재하지 않습니까. 간혹 자위를 할 때마다 나던 냄새는 떠나간 애인들의 것입니까. 하지만 대체 당신한테서 무슨 냄새가 나는지 알고 있습니까. 아이라는 것을 낳아보고 싶습니까. 양수와 피와 오줌과 땀과 침이 비명에 뒤섞이겠죠. 당신이 태어난 악취는 어디에서 맡을 수 있습니까. 벤치에 앉아 개미들을 하나하나 밟아 죽이며 당신이 침에 섞여 나오는 피비린내가 될 때, 그 너머에는 누구의 비명과 비웃음들이 뒤섞여 있습니까. 당신은 당신 자신에게 얼마나 실재합니까. 당신의 한가운데에는 어떤 허구의 악취가 진동합니까.

일요일

우리를 밟고 산책하는 저 가정의 단란함엔 어떤 혐의가 있습니까. 나의 이웃은 매주 어떤 죄의 목록을 고백합니까. 그래요, 당신은 지나치게 오랫동안 싸웠습니다. 고통은 부드럽고 침착하게 비인칭으로 스며들고 이 밤은 제가 들어본 그 어떤 돌보다도 무겁습니다. 무엇이든 담을 수 있는 저 텅 빈 입을 조심하세요. 그 입 안에 가득한 검은 밤들을 조심하세요. 하지만, 저 밤 속을 부유하고 있는 가면들은 선량하기 그지없습니다. 나는 몇 개의 고백을 건너 이런 입이 되었을까요. 하지만 가면을 쓰면 나도 그 누구보다 착해질 수 있겠지요. 언제 나는 정직해질 수 있을까요. 나의 이웃에게 내가 알고 있는 사실을 말해야 합니다. 신은 굶어 죽은 이들의 입 속에나, 불에 타 죽은 이들의 늑골 속에나 존재합니다. 아주 낮게 존재합니다. 당신은 지금 신을 밟고 있는지도 모릅니다. 그러나 친애하는 나의 무덤이여, 너는 이웃만큼 포악하지도, 이웃만큼 선량하지도 못하는구나. 입 속에 가득한 모래. 늑골 속에 태어나는 구더기들. 그리고 저 높은 크레인에서 내려오지 못하는 영혼. 그래도 마음과 뼈만으로도 살아갈 수 있던 시절이 있었습니다. 그런데 우리를 보호해주던 신비들은 어디로 가버린 걸까요. 무엇이 아름다움인지 이제는 알 수 없어 형벌의 목록을 펼치면 왜 내게 없던 가족들이 나를 보며 웃고 있습니까. 왜 그 입들을 피해 달아나면 달아날수록 내 온몸이 입이 될까요. 내 입 속으로 처넣어지는 구둣발의 주인은 누구일까요.

일요일의 혀

모든 전쟁은 스스로에게 성전聖戰이기에, 성스러움이 악입니다. 성스럽기에 예의를 지켜야 합니다. 나에게도, 적에게도, 저 악에게도. 겸손한 얼굴 속에 도리어 흉물스러운 이빨이 도사립니다. 세상의 모든 극렬한 대립은 근친상간의 역사만 같아서 비밀이고, 비밀의 전희입니다. 대립이 생산하는 위기라는 단어의 전희. 끝없이 연장되는 위기들이 평범한 현재를 구성하고 지탱합니다. 낡은 이층집 난간에 기대어 서서 엄마가 둘인 아이와 아버지가 없는 아이의 소꿉장난을 내려다보는 일요일 오후의 권태 속에도, 점점 가짓수가 줄어들어가는 반찬 속에도 전희는 있습니다. 전희가 있어 5분도 안 돼 아이들은 울며 치고받고, 늙어가는 나의 배는 팽창합니다. 일요일은 되도록이면 전심으로 성스러워야 합니다, 일요일에 일어난 전쟁처럼. 아이들은 빽빽 울다가도 깔깔 웃고 전도 행렬은 날로 길어집니다. 때문에 가끔 이곳은 천국의 꼭대기입니다. 당신은 나에게 90도로 인사할 수 있습니다. 당신은 내 면상을 향해 주먹을 날릴 수도 있습니다. 이 둘의 차이는 무엇입니까. 당신의 진실과 나의 진실은 다르지만, 다르다는 사실에 멈춘다면 다를 바 없습니다. 대중들은 적이 존재해야 성스러움을 느끼기 마련이기에, 세상의 모든 판관들의 주된 업무는 적을 심어주는 것. 적의 사람다움을 박탈하면 할수록 모두가 고르게 성스러워집니다. 사람이 사람을 대적해서는 성스러울 수 없습니다. 늑대의 가시를 온몸에 두른 사람이었던 것의 눈물과 여전히 꼬리뼈가 자라나는 아이들의 웃음소리. 일요일 오후의 소리가 새어 나오는 이빨. 그 흉물스러운 이빨 사이에 끼인 것은 누구의 살에서 떼어낸 고기 쪼가리입니까. 일요일의 얼굴 뒤에 서 있는 것의 뿔과 주둥아리를 그려보십시오, 일요일이 끝날 때까지. 그것은 혹시 당신의 다리 사이에서 본 것과 닮지 않았습니까. 당신의 눈에 너무 가까이에 있어 흉측한 이것은 시시때때로 떠들고 있지 않습니까. 그 말들을 사람이 하는 말이라 부를 수 있겠습니까. 사람의 말이 아니라면 그 말의 관절을 꺾으시겠습니까. 그렇다면 난 지옥에서라도 몸을 팔겠습니다.

폭설

반성을 모르는 사람들이 있다. 귀가 없는 세대들이 있다. 폭설이 있고 끝없이 이어지는 백야가 있다. 세상의 모든 방 언들이 들리도록 몰약이 필요하다. 무릎이 필요하다. 무릎 위에 올라앉아 내 허벅지 뜯어 먹어줄 짐승이 필요하다. 짐 승들의 보드라운 털이 필요하다. 짐승을 허벅지에 넣으면 내 방이 커지고, 나는 거대한 방을 달린다. 옆집 사람은 체조 를 하고 있다. 윗집 아이는 작은 손으로 장난감 자동차를 굴 리며 교통사고를 흉내 낸다. 이 동네에서 내 방은 제일로 커 서 안방의 텔레비전 소리도 내 아이 우는 소리도 들리지 않 는다. 사람들은 누구나 자신의 방을 끌고 다닌다. 방이 있으 니, 고문이 필요하다. 묶어놓을 의자가 필요하다. 독재자가 필요하다. 탱크가 필요하다. 이 모두를 덮어줄 폭설이 필요 하다. 백지가 필요하다.

연흔連痕

당신은 내 입 속에서 벌레를 꺼내

하나하나 눌러 죽였네.

방바닥 위에 납작하게 붙어버린 벌레들을 모으다 보니

어느새 붉은 목단 지고 바람은 두꺼워졌네.

이제는 기억되지 못하는 것들이 모여

방바닥, 제 스스로 한 권의 책이 되었을 때,

당신의 손가락 끝에서 검은 피가 흘러 스며들었네.

기억의 난폭한 의지였네.

그 위에 누우면 내 녹슨 늑골 위로 두터운 투명이 쌓였네.

살아야지, 숨 쉬는 방법을 기억해야지,

검은 피 떨어지는 책을 읽네.

기억이 모여 들끓고 있네.

책 속에 쌓여 있던 모든 문장들이 날아오르던 순간이 있었네.

숨이 차오르다가 풀썩 주저앉던 순간이 있었네.

당신과 당신의 피가 발밑으로 흘러들어 습곡이 되던 바다도 있었네.

바람의 두께를 이기지 못하고 파랑波浪이 일어

모든 기억을 덮으면

내 뼈와 관절들

당신의 피와 비명이 채 가시지 않은 양피지 속으로 새겨
졌네.

그 위로 쌓이는 두터운 투명들.

눈을 뜨면,

이 투명은 누구의 눈물을 닮았을까?

누구의 지친 날개 아래일까?

그 눈물로 날개의 무늬를 받아 적네.

그 위로 붉은 목단

쌓이고 쌓이네.

3부

미제레레

내 모든 삶이 만약이라면,

이 세계가,

매일 내가 먹어야 하는 알약의 개수를 헤아리는 이 저녁의 세계가

집 앞 놀이터 시소가 밤마다 저 혼자 움직이는 것처럼

반딧불이인 양 외진 골목마다 피어나는 담뱃불,

한껏 나빠지고 싶던 시절 담뱃불을 손목 위에 지지며 다짐하던 헛된 약속들처럼

만약이라면

어떤 혐의들로부터도 패악들로부터도 자유로울 수 있을까

허물어진 얼굴을 양손에 받쳐 들고 서서

오, 아무 인생이 없는 기쁨이여

세상의 모든 중심을 향해 흩어졌던 나의 신들이 결국 길을 잃었구나

애도할 수 있을까

오늘 밤은 머리 위로 펼쳐진 속죄의 목록들이 무척이나 아름답구나

존재하지 않는 짐승과

사라져버린 사물과

죽은 영웅의 세계가 창백하게 얼어붙어 있구나

똑, 똑,

손가락을 분질러 밤의 입술을 칠해주면

옛날의 전쟁들이 다시 시작될까

옛날의 죄가 다시 반복될까

밤에 휘파람을 불면 머리맡에 뱀이 똬리를 틀다 나를 물어 가고

밤에 손톱을 깎아 창밖으로 내던지면 나를 닮은 짐승이 나 대신 눕고

만약 그렇다면

나는 그저 눈을 가리고서 밤을 헤매는

선량하고 헛된 낮의 내면들 중 하나가 될 수 있을까

누구의 내면이 나의 입으로 당신에게 고백할까

여보, 고백하는 입마다 빛나는 알약이 쏟아져요

이 알약을 당신의 입술로 받아주세요

빛나는 어둠이 몰려와 이 작은 창을 가리는구나

그런데 밤새도록 내 고백의 시체를 뜯어 먹고 있는 것은

누구일까
　오늘 밤엔 속죄의 시간이 부족하구나
　창밖에
　저렇게 빛나는 약들을 헤치며
　피로와 계절과 어제 죽인 벌레와 화초들이 떠가는구나

소하동

옆집 사람이 텔레비전에 나왔다. 새로 생긴 대형마트 앞에서 서럽게 울고 있었다. 사람답게 살기는 어려운 법이다. 창가에 놓인 책들이 바래져간다. 책들 사이에서 벌레들이 기어 나온다. 그는 여전히 울고 있겠지만, 악은 갈수록 평범해져간다. 베란다 한 귀퉁이 수년간 버려둔 화분에서 알 수 없는 잡초들이 올라온다. 잎과 잎 사이에 거미가 집을 만들고 있다. 평범해서는 사람다울 수 없고, 나는 너무 쓰잘데없는 것들만 읽고 써왔다. 하지만 나는 여전히 나의 가족들이 내가 쓴 글들 읽을까 봐 두렵다. 집 앞 골목에는 플래카드가 펄럭이고 아침이면 그 아래로 쓰레기들이 수북하고 가끔 그 속에는 고양이들이 얼어 죽어 있고, 그 배 속에는 파리의 알이 가득하고, 하루 사이 몇몇 가족은 얼굴만 남겨둔 채 이 마을을 떠났다. 이 밤의 흰 발자국은 누구한테 쫓기기에 밤새 저리 길어질까. 이 문장의 진실은 어디에 있을까. 이 문장만이 내가 등 돌리고 누울 유일한 곳일까.

지상의 방

창을 엽니다. 막 재개발이 시작된 창
밖으로, 멀리 옥상이 내려다보입니
다. 한 늙은이가 의자 아래로 흘러내
리는 제 몸을 주워 담고 있습니다. 그
옆에 다른 늙은이가 담뱃불로 제 허벅
지에 구멍을 내고 있습니다. 대기의
무게가 빈 몸통들을 채우고 있습니다.
무사히 종말이 오고 있었고 새로운 종
말들이 태어나고 있습니다. 텔레비전
을 켭니다. 누군가는 분신했고, 누군
가는 얼어 죽었고, 사람처럼 살기 위
해서는 약간의 두려움과 다량의 망각
이 필요하다고 앵커는 말합니다. 독재
자가 된 혁명가의 책을 펼칩니다. 질
서는 공포로 완성됩니다. 어떻게 한
줄로 세상을 바꿀 수 있을까요. 두 줄,
네 줄, 그 어떤 문장의 질서로도. 앵커
는 말합니다, 나의 질서보다 더 큰 질

서가 무럭무럭 방 안으로 차오를 거라
고. 냉장고 문을 엽니다. 애인이 떠나
간 이유가 성에와 뒤엉켜 보관되어 있
습니다. 나의 무사함이 죄가 됩니다.
여기 사람이 있었다고, 사람의 사랑이
있었다고, 혹 사랑일 수도 있었다고,
냉장고는 빛을 쏟아내고 있습니다. 이
제 우리는 서로에게 더 잔인해질 수
있습니다. 앵커의 목소리가, 빛의 무
게가 방을 채웁니다. 바람의 요청으로
책장이 뒤엉킵니다. 창밖에는 다른 창
들이 무력하게 빛나고 있습니다. 방
바깥에서는 아무 비명도 없이, 피도
없이 다른 방들이 무너지고 또 다른
방들이 태어나고 있습니다. 창을 닫습
니다. 창 속에 누군가가 갇혀 있습니
다. 누군가가 창 속에 갇혀 창밖을 바
라보며 창을 긁고 있습니다.

개미집

어릴 적
죽은 제 식구를 자르고 갈라 이고 가는
개미를 본 적 있습니다.
개미의 머리를 이고 가던 개미는 울고 있었습니까.
땅을 파보니 여전히 개미는 쏟아지는데,
그런데 왜 여기서 이런 일이 벌어졌을까요.
시시때때로 떠야 하고 져야 하는 태양은
이 역겨운 놀이를 언제쯤 끝낼까요.
태양을 피해
불에 타 무너지고 갈라진 건물 속으로 기어들어 가는 개미
떼는
나처럼 영영 나오지 않을 심산인가 봅니다.
그들에게도
낮은 감옥이고 밤은 불법인가요.
하지만 이 말은 순례자의 비겁한 욕망에 불과하지 않습니까.
서울이라는 거대한 개미집에는 문이 없으니
차라리
서로의 얼굴을 잊기 위해 불을 끄는 못생긴 연인처럼,

그들이 나누는 전희처럼, 섹스처럼

내 눈을 먹어주십시오.

서로 다른 진실이 기획되어 우리의 기억을 잡아먹듯,

기억이 밥이 되어 엉덩이로 쏟아지듯,

나는 모든 진실을 향해 눈을 감고 코를 막을 뿐입니다.

마침내 그들처럼 함정에나 걸리면 되려 좋지 않겠습니까.

하지만 이 밤

행간이 죽은 자들이 되돌아오는 길이라도 되면 좋겠습니다.

잠든 애인의

벌거벗은 등 위를 기어오르는 개미를 눌러 죽이는 이 밤은

왜 이리 친밀합니까.

애인의 친밀한 등을 파고들어갑니다.

함정입니까 그 속은,

밤은 거대한 개미 머리들입니다.

선善이 너무나 많지만

불행하게 태어난 아이들의

어찌할 수 없는 선함처럼 너를 믿었다. 증오한다.

기록된 것은 기억들보다 위대하기에

무덤들 위에 아무것도 모르는 집이 생기고

아무것도 모른 채 집은 불타고

부모를 잃은 아이들이 그 위에 누워 울다가 말라붙는다고 해도

나는 단지 너의 말을 내 몸에 받아 적을 뿐이다.

어느 미친 새들은 나무가 불타도 울지도, 그 나무를 떠나지도 않는다.

그것은 때론 선함이고, 순수함으로 기록된다.

하지만 죽어서도

서로 다른 자세로 나무에 매달려 있는 이 검은 새들을 자세히 보면,

마치 어린 시절 돋보기로 불태우던 개미 같고

어느 미친 작곡가가 목매달기 전에 썼다던 악보 속 음표만 같다.

이 나무에 앉아

누가 노래할 수 있고 누가 비명을 지를 수 있을까.

그런다 한들 누가 밤의 흰 수염을 기르며

이 적막의 혀와 섞일 것인가.

안녕. 너와 나는 서로에게 선했던가.

우린 평등했던가.

너와 나는 이 불행을 함께 바라보고 있었던가.

중앙보훈회관 건물에 걸려 있는

당선 축하 플래카드를 바라보는 서로 다른 표정의 사람들처럼

나의 그림자는 너무 많구나.

잠이 들면 나의 귀에서 줄줄이 너의 검은 벌레들이 기어나와

나의 그림자를 불타는 나무 바깥으로 옮기고

무덤 속 사람들 머리카락 치렁치렁해지고

신문은 부음으로 가득해진다.

실성한 여자를 향해 돌을 던지는 아이들의 순수함처럼

모두가 선한 싸움을 할 뿐이다.

각자의 선함들이 만드는 것은 기껏해야 누군가에게는 악.

실은 미치지 않고서야 선할 수 없다.

그렇다면

너는 얼마나 미쳤기에 나를 밀칠까.

미치지 않고서야,

나는 여전히 너의 나무에서 말라붙고 있을까.

촛불이 만지는 밤

촛불이 만지는 밤. 내 심장은 발이 달려 몸을 버리고 밤새 벽 속을 달린다. 심장의 발에 밟힌 꽃을 핥으면 벽에서 방 안으로 뿌리가 자라 방은 무덤이다. 꽃잎이 짜낸 물은 죽은 자들이 되돌아오는 길. 내 몸을, 내 몸의 군내를 맡던 이들은 다리가 없었다. 심장의 혀에서 떨어진 붉은 촛농이 화문처럼 내 몸을 속삭이며 퍼진다. 떠나라, 살을. 불안은 다리 없는 이들의 비명이 되고 비명은 단 하나의 붉은 혀가 되어 방으로 향하는 철제 계단 위에서 꿈틀거린다. 살은 어디로 가는가. 그러나 이제 질문에 답하는 입은 엉덩이에나 붙어 있다. 살이 만든 지도를 따라 방 안으로 들어와 거울을 열면 엉덩이 속 입술이 보인다. 촛불이 내 혀를 만지자 거울에 새겨진 이상한 질서가 깨진다. 거울에서 방 안으로 뿌리 없는 꽃이 자란다. 거울에서 쏟아지는 불구들을 촛불이 만지는 밤. 촛불의 힘으로 방은 떠다니는 부음訃音이 된다.

수목장

밤새 저 나무에 당신의 머리들 매달았는데 누구일까

몸 없이 매달린 당신의 머리들 바람이 불 때마다 표정이
바뀌는데 누구일까

당신이 사랑했던 사람

당신을 증오하는 사람

당신이 경멸했던 사람

누구일까

나무 아래에서 온종일 당신의 머리들 보고 있는데 누구일까

함께 보낸 가학의 시절

함께 읽던 피안과 이데아와 영겁에도 불구하고

누구일까

누구의 우주가 부족했을까

누구의 의지가 약했던 걸까

밤의 흰 발자국은 누구를 데리러 저리도 먼 곳에서부터
왔을까

누구일까

혼자 굶고

혼자 약을 털어 넣고

혼자 뛰어내리고

혼자 죽어버릴 수밖에 없었다는 소식

누구일까

몸이 나무가 된 사람은

수백 개의 머리를 매달고 소리 없이 퍼지는 비명의 주인은

이후의 삶

언제나 패배하는 사람이 있다. 언제나 도망치는 사람이 있다. 아름답고 더러워라, 승리만을 기록하는 사람도 있지만 현실은 이 모든 것들과 아무런 관계도 책임도 없다. 현실에서는 그 어떤 폭력도 눈물도 없다. 단 하나의 단호한 명명만이 있다. 단 하나의 거대한 입과 이렇게나 많은 찢겨진 입들이 있다. 이렇게나 많은 유령들이 또다시 거리를 배회하고 있다. 죽은 자들이 사라지니 신도 사라졌다. 하지만 나의 조국의 내부에는 여전히 구원이 있고, 구원의 쾌락이 있다. 빌어먹을 마녀가 있다. 그리고 그 뒤에는 이토록 나약한 말의 악몽이 있다; 언제부턴가 온 집 안의 수도꼭지가 잠가지지 않는다. 얕은 잠 속으로까지 물이 넘쳐 들어온다. 엄마를, 아내를, 애인을, 진실 속에서 익사한 사람들을 불러본다. 내게는 숨겨진 벗들이 있으며, 숨겨진 입들이 있으며, 숨겨야만 했던 유령이 있으며…… 숨겨져 있으니 내게 이현실은 아무런 관계도 무게도 없이 영원히 출렁이며 고인채 썩고 있다. 단단한 벽과 늙어 소리를 잃은 악기들, 창문으로 쏟아져 들어오는 실체를 알 수 없는 그림자와, 벌레처럼 울고 있는 형광등, 찢겨진 입과 매일의 유언; 그저 악몽을 창조하는 것. 기억되는 악몽만이 가끔 진실이 된다. 우리 중 기록될 악몽의 주인은 누구일까. 누구의 악몽이 구원을 받을까. 그리고 끝끝내 구원을 단념할 수 있을까, 이후의 악몽들을, 이후의 삶을.

지빠귀를 시작할 것

성난 지빠귀 한 마리

녹슨 나무 꼭대기에 올라

모두가 버린 모두의 노래를 부르고 있다.

노래는 지빠귀의 몫.

입 없는 사람들, 포식자가 되는 법을 잊어버린 맹수들이

매일 밤 몸 바깥으로 말들을 밀어내다가 저마다의 말과

말 사이에서 길을 잃어도

노래는 없고

태초의 독백만 내일 또다시 반복된다.

지빠귀의 언어로, 지빠귀의 언어로.

무감無感과 무통無痛의 천국에서

사람의 입을 만드는 것은 비명일 뿐.

그러니 지빠귀의 언어로

난폭하게 자라나는 납빛 건물 꼭대기에 오를 것.

그리고

흉골 속 낡은 악기를 꺼내 이 계절을 멈출 것.

말이 아닌 겯지른 어깨들로

말이 아닌 노래들로

선언할 것.

지빠귀의 언어로, 지빠귀의 언어로.

말을 포기할 때 노래가 시작되고

비로소

지빠귀의 언어로, 지빠귀의 언어로

지빠귀가 시작된다.

금언기

별로 짐승을 그린 것은 어느 배고픔일까.
장지葬地로 가기 전
육개장 국물에 고개 처박고 있자니 켜켜이 쌓인 노을이
보였다.
휘휘― 노을을 저으니
두 동강이 난 채로 달리는 말이었다.

우리는 누가 죽었는지를 모릅니다,
귀가 소리를 유기遺棄하고픈 나날이 계속되었다.

국가의 탄생

어제의 당신이 내일의 당신이지는 않을 것이다. 수많은 왕들의 목을 자르고, 수많은 신도들을 불태웠어도, 새로운 시대는 늘 익숙한 맹신과 내세로밖에 스스로를 지키지 못한다. 지금이 아닌 모든 어제들은 죄악이고, 지금이 아닌 모든 내일은 어제의 궁형宮刑. 당신이 지금 여기에 있다는 것은, 지금의 당신은 나의 가장 강한 선善이자 윤리. 거대한 자목련들이 들쥐들을 잡아먹듯, 나는 당신의 손을 잡고 나의 윤리, 나의 선善에게 이 늙은 입을 건넨다. 갈까, 우리 저 더러운 말의 세계로; 천장과 바닥 사이에 숨어 있는 어제의 책들, 어제의 약속들, 어제의 깃발과 외침들로. 죽은 쥐의 꼬리를 들고 빙빙 돌리다가 벽을 향해 내던지는, 천사들의 이름만 같은 아이들의 순진무구함처럼 어제의 대기와 어제 흘린 피는 악의 없이 망각된다. 새로운 시대는 망각의 사업에 힘쓰고 창문 밖의 공포가 진실과 정의들을 재생산하고, 침묵이 소비된다. 그러니, 우리 갈까, 저 더럽고도 시끄러운 말의 세계로. 아무렇게나 해봐. 부끄럼도 두려움도 없구나, 지금만은, 당신은, 당신이라는 허상은. 하지만 허상은, 숭고한 어제의 허상들은 몸 없이도 진저리 치고.

육식의 날들

문이 닫히면 시작합니다.

살이 부풀어 사방이 살로 뒤덮입니다.

붉은 살에 뒤덮여 눈 코 입도 사라지고 얼굴도 없어집니다.

얼굴이 없으면 가면이 없습니다.

가면이 없어 우리는 서로를 알아볼 수 있습니다.

그렇다면 말에도 계급이 있다고 말한 사람은 우리 중 누구입니까.

당신은 다정하게 폭압적입니다.

나는 무책임하게 순종적입니다.

그러나 그것과 상관없이

구원은 늘 우리가 눈을 감았을 때만 옵니다.

우리의 눈을 감기는 것은 무엇입니까.

철거가 시작된 가재울 4구역은

문도 없고 밤도 없고 물도 없는 구원의 현장인데

우리는 왜 문이 닫혀야 시작됩니까.

문득 우리가 씹어 삼키는 이 살덩어리들의 국적이 궁금해집니다.

당신은 사랑합니까, 나를, 이 살덩어리만큼.

따가운 여름 햇살 아래 웅크려

쌀벌레를 눌러 죽이는 노모老母의 오후만큼

우리가 차마 말하지 못하고 있는 것들의 목록 속에

기록되어 있던 말들은 성스럽습니까.

그것이 과연 복된 소식입니까.

구원은 육식 속에 있고

우리가 나누는 전희 속에 있고

그래서

구원은 아직도 성스럽습니까.

문을 닫습니다. 아니

문이 닫힙니다.

실낙원의 밤

　내가 만든 낙원과 당신이 만든 낙원과
　우리의 낙원들이 만든 비참함과 우리의 낙원을 용서하는
밤 위로 쌓이고 쌓이는 다른 이들의 밤의 빛깔과
　낮에 보았던,
　밟혀 죽은 지렁이와
　여왕을 배불리기 위해 지렁이를 해체해 옮기는 개미 떼
　내일이면 우리는 이 낙원에 얼마나 남겨져 있을까
　이리 와, 조금 더 내 안으로 들어와 누워 있어도 돼
　창밖에서
　우릴 쳐다보고 있는 저 사람들은 우리보다 빨리 늙을 테
지, 늙어 죽거나 자살할 테지만
　차라리 우리 똑같은 병으로 죽자, 죽어버리자던
　낮에 보았던,
　밟혀 죽은 지렁이 같던 당신의 입술과
　우물우물, 씹어 삼키는 밤의 정충들
　우리의 낙원들이 시간의 억센 손아귀에 질질 끌려가기 전에
　기억이 찌그러들기 전에
　차라리 우리 함께 저 창문 속으로 사라져버릴까

유령의 발자국으로 우리의 몸 밖으로 걸어 나가던 낙원들과

비참한 당신의 적막들과 창을 뒤흔드는 기억들과

끈적거리는 모든 것과

함께

맹목盲目

어느 날,

나는 눈알이 파여 있었고

하지만 모든 이에게 나쁜 권력은 없기에 사람들은 서로가
서로에게 거룩한 증오였고

집은 순결이 부패하는 자리였고

거대해지는 생활의

공포들이 이 공화국을 부강하게 만들고 있었고

어느 날부터인가 눈알이 파여 있었기에 우리는 서로에게
점점 더 잔인해질 수 있었고

굴종의 기억이 이 공화국의 질서를 이루었고

뚝, 뚝

나의 손가락이

가지런히 부러져 아무것도 쓰지 못한다는 것을 알지 못했고

죽기 위한 공장들은 평안하게 돌아가고

완벽한 죄악과 비둘기와 개종자들로 가득 찬 공화국은 영
영 부패하지 않고

하루에도 수차례 낮과 밤이 반복되고 있다는 것을 알지
못했고

어느 날,

그리고 다시 또 어느 날이 되어도 나는 눈알이 파여 있을

것이기에

모든 시작들은 이미 끝나버렸고

나는

얼마나 깊이 떨어져 있는지 알지 못하고

회음 回音

여보,

모든 약속에는 다소간의 용기가 필요하오.

천장이 가라앉고 있소.

방바닥에 굴러다니는 공포들.

난, 용기가 없소.

이제 이 집은 사방이 방바닥이오.

사지를 뻗고 천장에 누워 있으면

당신이 장롱 문을 열고 나온다오.

당신은 부서진 물고기처럼 헐떡이고 있소.

여보, 내 몸뚱어리 속 검은 비둘기를 풀어주는 대신

당신에게 나의 늙은 창문을 보내오.

창밖은 고요하고, 창밖의 창 안들도 거의 유령이오.

내 생의 모든 알리바이들이 풀어졌소.

이 문장을 적는 데 평생이 걸렸소.

아멘.

우리의 배는 무덤처럼 푸르게 부풀고,

당신의 숨으로 가득 차 있고,

이제 당신은 텅 비어 있소. 당신은 완성되었소.

천장에서 바라보면,

여보, 나는 정충精蟲만 하고, 정충만큼 많소.

나의 입 속에는 이렇게나 많은 방들이 있소.

여보, 아직 나의 말이 끝나지 않았소.

이게 나의 마지막 용기라오.

난, 한평생 나의 입 속으로 사라진 것들을 다시 불러올 참
이오.

입은, 나의 마지막 육체라오.

여보, 천장이 가라앉고 있소.

가까스로 입을 열고 있소.

그렇지만,

우리의 물이 가까스로 투명에 가까워졌을 때,

우리는 여전히 사람일까.

투명은 물의 나이.

여기 돌보다 단단한 바람이 물의 투명을 새겨놓고 우리를 물 밖으로 떠밀 때,

우리가 되돌아갈 철교들은 그대로 서 있을까.

왜 아름다웠던 계절들은 도망쳤을까.

사람이었어야만 했나, 투명은.

투명해지기 위해

마지막까지 불렀던 그 노래는,

밤새 외던 그 강령들의 첫 소절은 이제 어느 타국에서 외워지고 있을까.

부끄러운 햇살을 모조리 빨아들이는 좌판 위 물고기의 눈알 같던

그 투명의 무늬들은 이제 어디로 흘러갔을까.

모든 비명들이 사라질 때까지

우리의 물이 투명에 가까워진다면

고백의 속살이 드러날까.

우리의 물 위를 걸어가는

풀잎과 달과 검은 기차, 그리고 벌레들만큼 솔직해질 수
있을까,

불가촉천민

우리의 배가 침몰하고 있는데
여전히 우리의 머리 위에서는 별들이 춤추고 있네
다리 뻗을 공간도 없는 방에서 우리는 서로를 부둥켜안고,
가라앉고 있는 우리의 배에서 이제 막 태어난 아이들의
악몽을 보고 있지
그런데 마지막까지 문을 열어놓고 나간 건 누굴까,
찬바람이 들어오잖아,
우리의 머리 위로 내려온 불안한 천국이 새어나가고 있어
일어나 봐, 문을 닫자
그런데 불구로 가득 부풀어 오르는 등
평생을 고아나 불구의 마음으로 살 수는 없는데

이제 우리는 영영 가족이 되어야만 하지

환절기

불가능한 사랑과 불가능한 사랑의 폭력들과,

노란 물탱크 속 투명한 물의 출렁임과 갇혀버린 강에서
자라나는 육식성의 푸른 풀들과,

방바닥과 무덤 바닥과,

지나버린 시간과 지나버려야 했던 시간과,

네가 아니면 안 돼,

몇 명의 연인에게 말했던가, 죽을 것처럼

봄이 오면

시들어버리는 꽃도 있겠지만, 죽으면 다시 피어나겠지만,

거울과 거울을 들고 쫓아오는 이들과,

옆집 새댁 아기가 신고 있던 작고 고운 신발과 몸도 입도
없이 신발만 남겨진 이들과,

지붕과 지붕에 매달린 주인 없는 집들과,

대기와 창살과,

따뜻했던 당신의 방과 내 방 안으로 쏟아지는 못된 기억
들과, 기억의 독재들과,

아무것도 모른 채 다시 울창해질 언덕배기와 걸어 다니는
공포들과,

봄과 쓴 물처럼 번지는 봄의 공포와,

사랑과 불가해함과, 재災와,

다다를 수 없는 거리, 버려진 입들과,

끝끝내 내 몸을 버리는 것들 사이에서

창백한

해설

시민-시인의 자격으로 쏘아 올린 물음들

조재룡 / 문학평론가

나는 타자인 것이다.

— 아르튀르 랭보

Prologue

플라톤이 시인을 공화국에서 추방했던 것은 무엇
보다도 시를 위험한 말이라고 여겼기 때문이었
다. "모방의 성격을 지닌 모든 종류의 시"*의 추방
은 따라서 "매번 최고로 여겨지는 이성과 법률 대
신, 쾌락과 슬픔"(X 607 a, p. 513)을 유포하는 저 시
인이야말로 공화국의 이념에 위배되는 자이자,
"진리의 시각에서 보면 하찮은 자"(X 605 a, p. 510)
라는 판단과 정치적 필요성에서 비롯된 극단적인

Platon, *La République*, traduit par P. Pachet, Gallimard, 1993, X 595 a, p. 491.

조치였다. "말에 의해 생산된 것이 틀림없는 모든 것"[*]에 가장 주관적인 힘을 부여하고, 무한한 해석의 여지를 열어줄 자가 바로 시인이었기에, 합리와 이성의 철학자, 도달해야 할 이상향으로 법률형 인간을 제시한 저 철인정치의 수호자의 눈에 그들은 가장 위험한 존재로 분류되었을 것이다. 정치 공동체에서 가장 위험한 말이 시였다는 것은, 역설적으로, 시인이 가장 정치적인 사람이었다는 것을 의미한다. 그러니까 언어에 의해, 언어 안에서, 삶과 사회, 자연과 인간, 세계와 우주를 주관적—이차적—부가적으로 '재현'해내는(단순한 모방이 아니라, 다시(再)—제시해내는), 사소해 보일 수도 있는 시인의 저 능력이야말로, 이데아의 철학에 회복될 수 없는 균열을 야기하거나, 그 사상적 근간마저 부정할 치명적이고도 위험한, 모종의 알 수 없는 힘이었던 것이다. 합리와 법률에 토대한 현실정치의 허점을 들추어내고, 정치와 철학만으로는 성취해낼 수 없는 일을 공화국의 시민들과 함께 도모할 잠재력이 시인에게 있다는

---

* Aristote, *La Poétique*, texte, traduction, notes par Roselyne Dupont—Roc et Jean Lallot, Seuil, 1980, p. 101.

114

사실을 그는 그 누구보다도 재빠르게 간파한 것은 아니었을까? 물론 쫓겨날 처지에 놓인 시인에게 변론의 기회가 주어지지 않은 것은 아니었다. 그러나 거기에는 "시인이 아닌 사람에게 산문으로 시를 변호하게 맡겨야 한다"(X 607 d, e, p. 514)는 단서가 붙어 있었다. 이러한 사실은 시인이 구사하는 말의 근본적인 위험성, 그의 말로 '재현'되어 세계 안으로 성큼 걸어 들어올 미지의 감성과 사유의 위험성이, 사실상 시에 적재되어 있는, 시적 언어가 구가하는 '최대치의 주관성'과 다른 것이 아니라는 사실을 알려준다. 제 성정과 신념, 공화국 내에서의 존재 이유와 자신의 고유한 세계관을, 연민과 공포만을 불러일으키는 시가 아니라, 이해 가능하고 합리적인 언어인 '산문'으로, 그마저 타인의 입을 빌린다는 조건에서 설파해야만 했던 시인의 기묘한 처지나 얄궂은 운명은, 따지고 보면, 오늘이라고 해서 크게 달라진 것은 없다. 시인은 과연 어떤 논리로 법률과 이성이 지배하는 이 세계에 맞설 것인가? 공화국에서 발붙이고 살아가기 위해 그는 어떤 말로 타인들을 설득해낼 것이며, 어떻게 시민의 자격으로 제 시를 선보이고 전개해나갈 것인가? 김안의 두 번째 시집 『미제레레』에서 솟구쳐 나온 무시무시한 물음들은 지금-여기에서 시민-시인의 자격으로 삶을 살아나가야 하는 역설과 비극을 단단하고도 힘찬 어투로 되감아내면서 시대의 고민 한복판으로 과감히 뛰어들고자 한 시인의 진지한 노력의 결실이라 할 수 있다.

1. 나는 어떻게 사람입니까?

시민의 자격으로 시를 쓴다는 것은 무엇인가? 시민의 의구심과 항변의 목소리, 자기와 일상을 반추하는 힘은, 시라는 형식을 통해 어떻게 울려 나오는가? 풍월을 읊으며 옛 가락이나 늘어놓는 일로 제 소임을 다했다고 생각하는 시, 앙가주망을 외치면서 정치의 한 귀퉁이를 멋지게 돌아 나왔다고 생각하는 저 도덕률로 가득한 시, 허무의 늪에서 허우적대며 한없이 제 깊은 내면으로 파고 내려가 이러저러한 관념을 토해내고 그 텅 빈 표현들을 주워 실존을 덜어내었다고 자부하는 시, 그 시의 주인은 시민이 아니라, 전통에 사로잡힌 자,

선동가, 관념주의자다. 그들은 보수와 진보, 허무와 성찰을 시의 본령으로 삼지만, 그것 자체를 의심의 시선에게로 돌려놓는 법이 없다. 그들에게 전통-서정-도덕-허무는 좀처럼 부정할 수 없는 진리이기 때문이다. 그들은 세계를 활보하는 민낯을 보려 하지 않기에, 서툴고 뻐듬한 구문이나 성기고 서걱서걱한 문장에는 관심이 없으며, 성급히 분노하거나 서둘러 결말을 내려놓기 전에 모든 것을 의혹으로 마주하고자 힘겹게 제 손을 떠나보낸 낯설고 힘찬 물음들을 좀처럼 이해하지 못한다. 개인과 사회, 다수와 소수의 나눔에 매몰되어, 세계를 큼직하게 둘로 가른 후, 어디어디에 속한다는 표지를 달고, 그 사실을 자랑스럽게 여기며 팔짱을 끼고 세계의 밖에 서서 고통의 소리를 간혹 흘려보내지만, 결국 인간과 사회와 역사가 그런 자신들조차 포괄한다는 사실조차 그들은 알아채지 못한다. 그러니까, 시민과 시민 의식을 바탕으로 시를 쓴다는 것은, 바로 이런 부류에 속하지 않거나, 이런 부류가 되지 않으려는 노력 속에서 하루하루를 살아가고 그러한 제 의식에 합당한 언어를 궁리하며, 세계의 경이와 우울, 놀람과 실망, 악과 선, 신비와 상처를 이 사회의 풍경 속에

서 열어 보이고, 거기에 덧대어 기필코 사유해내
려는 행위를 의미한다. 김안의 경우, 그것은 거개
가 사람의 일, 사람이 만드는 것, 사람의 사유, 사
람일 수 있는 이유 등, 사람과 관련된 물음과 하나
로 포개어져 나타난다.

사람,
저녁이 오면 퇴근을 하고, 퇴근을 하면 취합니다.
취하면 당신이 내 손을 잡아주시겠습니까?
이 손은 잡자마자 폐허입니다. 몸이라는 테두리도 사라지겠지요.
왜 사람이어야 합니까,
밥을 짓고 청소를 하고 사랑을 나누는 모든 것이.
왜 군중들은 범죄자에게
네가 사람새끼냐,
라고 외칩니까, 언제 한 번 사람인 적이 있었다는 듯이.
그들을 향해
노동하는 시체,
라고 말한 이는 아직 살아 있습니까?
이곳에서 만족하려면 쥐새끼보다 더 쥐새끼가 되어야 하지,
라고 말한 이는 쥐새끼입니까?
아직도 죽은 자들은 죽은 자들을 묻지 못하고
나는
다리 사이
포낭 속 모든 씨에

검정 꼬리가 생길 때까지
자위하고 확인할 뿐입니다.
가장 소란스럽고 가장 사나운 평화 속에
강은 썩은 모액母液으로 가득하고
나의 병은 더 이상
자라나질 않습니다.

—「사람」부분

이 시민—시인은 '사람'이 무엇인지를 묻는 말
로 제 시집을 열었다. 물음은 그러나 시작에 불과
하다. 시집의 어느 곳을 열어도 저 바글거리는 '사
람'에 관한 물음들이 곧 발견될 것이기 때문이다.
미리 말해두자면, 이 결기에 찬 물음들, 그러니까
"우리는 여전히 사람일까"와 "사람이었어야만 했
나"(「우리의 물이 가까스로 투명에 가까워졌을 때」) 사이
를 오가는 제기들은 대답을 요구한다기보다, 어
쩔 수 없어 터져 나온 의구와 함성에 가깝기에 설
의殷疑와 물음의 중간 어디쯤에 위치한다고 해야
한다. 그러니까 김안에게 물음들은 그것 없이는
살아갈 수 없는 "가장 소란스럽고 가장 사나운 평
화 속"에서 흘러나온 정언이자, 그 자체로 "어제의

말, 오늘의 말, 우리의 눈동자를 깨뜨리며 닥쳐올
말이/이 모든 말의 합이/우리에게 일어났던 끔찍
한 말의 기적들이"(「서정」) 만들어내는 의미의 덩
어리이며, 개인의 자격으로 세상이라는 "전표에
기록되어 있지 않는 수많은 허수들"(「마리포사」)을
공동체 속에서 발화하고자 투척한 최후의 통첩인
것이다. 가령,

당신은 당신 자신에게 얼마나 실재합니까. 당신의 한가운데에는 어떤
허구의 악취가 진동합니까.

—「시취」부분

건전하게 神이나 배우며 사람을 연기할 수는 없을까

—「살가죽부대」부분

우리를 밟고 산책하는 저 가정의 단란함엔 어떤 혐의가 있습니까. 나의
이웃은 매주 어떤 죄의 목록을 고백합니까.

—「일요일」부분

안녕. 너와 나는 서로에게 선했던가.
우린 평등했던가.
너와 나는 이 불행을 함께 바라보고 있었던가.

—「선이 너무나 많지만」 부분

그렇다면 말에도 계급이 있다고 말한 사람은 우리 중 누구입니까.

—「육식의 날들」 부분

　　이와 같은 물음들은 단순히 의문의 범주에 귀
속되는 것이 아니라, '사람'과 사람일 수 있는 가
능성에 관해 꼬리를 물고 이어지는 제기와 청원
이며, 항의와 비판이자, 기어이 문제가 되고 마는
어떤 세계로 우리를 초대하는 위문慰問의 신호이
자 비의秘意의 초청이며, 문답의 소환이자 의미의
영장이라고 보아야 한다. 위에 일별해본 물음들
은 한 사회에서 시민이라면 누구나 던질 수 있는
물음들이며, 시민이기에 마주할 수 있는 물음들
이자, 시민이기에 평소에 자주 잊고 살아가는 물
음들이며, 시민이 피곤에 절어 지하철 안에서 더

께 낀 지知의 목록을 한 번쯤 뒤적이며 저 자신이나 사회를 향해 품어보았을 법한 물음들이자, 법과 질서, 이성과 합리를 토대로 구동되는 사회에서 하루하루를 보내면서, 가끔씩은 제 마음 깊은 곳에서 까닭 없이 차올랐을 수도 있었을, 바로 그런 물음들이다. 시민이 마땅히 품을 수 있는 물음들을 시의 자격으로 백지 위에 소환해내는 이 행위의 정당성은, 물음에 합당할 대답을 추정해보는 데 달려 있다기보다, 망각된 것, 사라진 것, "기억되지 못하는 것들"(「연혼」), 그럼에도 유령처럼 이 사회에의 어느 구석에선가 되살아나고 또 그렇게 "기억되는 악몽"(「이후의 삶」), 이 땅에서 "사람처럼 살기 위해" 필요한 "약간의 두려움과 다량의 망각"(「지상의 방」)을 지금-여기에 불러 모아, 그 상태를 보전해내고 그 의식을 포착하여 적나라하게 기록해내었다는 데 있다고 해야 한다. 김안은 이렇게 "서로 다른 진실이 기획되어 우리의 기억을 잡아먹"(「개미집」)기 이전에, 서둘러, 시민이라면 마땅히 품을 수 있는 온갖 의구심을 적어나가면서, 시인의 자격을 지금-여기에서 되묻고, 시의 필요성을 반추하는 일에 사활을 건다. 따라서 그의 일련의 질문에 '쓴다'는 자의식을 타자의 것으로 비끄러매려는 자리가 누락되는 것은 아니다.

　　당신이라는 쓰기로 도망쳐왔던 울음들이,
　　그 울음들 바깥으로 기어 나오는 벌레들을 눌러 죽이던 밤들이,
　　끝없이 맴돌던 그 밤의 후렴들이 편지합니다.
　　사람의 길을 걸어야 했던 주름과 신음의 나날을 지나
　　편지는 달려와 인사를 건넵니다.
　　당신이라는 쓰기의 바깥에서 서성이는 모든 주어主語들에게,
　　주억거릴 머리를 잃은 채 울고 있는 불구의 문장들에게,
　　사람은 안녕합니까?
　　주먹 쥐는 법을 아는 순간 나는 주어가 되어 두려움을 배웠습니다.
　　쓰기의 두려움을, 쓰기 바깥의 당신을, 당신이라는 쓰기를.
　　공포는 고요하고,
　　고요에 시달리면 시달릴수록 나는 쓰기에 가깝게 되었습니다.
　　나는 물질입니까?
　　마음의 노역입니까?
　　아니면 아무런 주장도 분노도 결말도 없는 선언입니까?
　　당신이라는 쓰기 속에서 나는 밤의 두려운 주먹질입니다.
　　시커먼 손톱 밑에서 밤의 후렴들에 맞춰 춤을 추는 벌레들은,
　　우울증을 앓던 두 번째 애인이 밤마다 입 바깥으로 내뱉던 얕은 신음과
무척이나 닮았군요.
　　사람이니, 당신은 주어가 됩니까?

　　─「복화술사」 부분

물음을 세계에 깊숙이 각인해내면서 그는 기존 시의 문법을 바꾸는 일에도 도전장을 내밀고 있다고 해야 할지도 모르겠다. 김안의 시는, 신−진리−역사−선−악−혁명−윤리−시민−공화국−국가처럼, 이 세계에서 벌써 거대한 의미를 머금고 있는 것, 인간이 추구해야 할 가치로 판단되었던 '공공의 것res publia'에서 출발하여, 이것의 정체를 묻거나 그 실현 가능성에 의문을 제기하고, 그 의문을 담아낼 적절한 말과 형식을 차후에 고안해나가는 방식을 취하고 있기 때문이다. 다소 평범해 보이는 이 지적은 사실, 김안 시가, 가령, 말을 궁굴리며 의미를 찾아 나서는 과정 전반을 시의 몸통으로 안착시키는 시와는 완전히 반대의 형식을 취하고 있다는 사실을 알려주기에, 그 자체로 시의 특수성이라고 보기에 부족하지 않으며, 그것은 김안이 연역적인 사유에 기반하고 있기 때문이다.* 그러니까, 그는, 진리−역사−혁명−선−윤리와 같은 의미(혹은 의미의 덩어리가 될 만한 것)가 '선험적'으로 노출되고 받아들여진 세상에서 살아가면 그만일 것을, 그 안으로 좀 더 파고들어가고, 파고들어가는 그 과정에서 만나게 되는 예기치 못할 사유를 끈덕지게 물고 늘어지고서, '후차

적'으로 이에 부합하는 구문과 어법, "의미가 없으면 없었을/당신의 문장들"(「나의 이데아」)을 고심하고 "이 문장의 진실은 어디에 있을까"(「소하동」)라고 물으며, 결국, 이 의미를 잔뜩 머금고 있는 덩어리 명제들에 호응하는 물음과 이 물음에 합당한 고민을 연차적으로 고안해내는 것으로, 제 시의 특수성을 성취해내는 것이다. 따라서 그의 물음은 문제를 제기하는 형식이지, 문제를 해결하기 위해 서둘러 촉구하는 예정된 결구는 아니다.

비명이 혁명이 되는 것은 19세기적일 뿐이었지. 아무리 머리를 맞대어도 시제時制를 바꿀 순 없었어. 그래. 의미가 말을 피해 도망치기 시작했지. 그저 소리라 불리는 것들. 말이 되지 못한 말들을 찾아 언제부터 내가 이곳에 있었는지 모르겠네.

　—「문화당서점」 부분

---

* 그의 연역적 어법은 '~것'의 사용에도 달려 있다. 김안의 시에서 '~것'은 추측이나 예상을 나타내는 명사문을 만드는 데 할애되는 것이 아니라, 이미 알고 있는 사실을 부연하거나 확인하는 데 바쳐지는 경우가 상당수 존재하기 때문이다. 따라서 이 경우, 거기가, 무언가를 설정한 연역적인 사유에서 비롯된 명제들에서 출발하여, 거기에 무언가를 덧대고 빼고, 부연하고 조절해나가면서, 사유를 증폭시키는 순서로 글이 구성되어 매우 특이한 어법을 일구어낸다. 김안의 시에서 '~것'은 이미 무언가를 '했던' 사실이나 이미 존재했던 무언가를 시에 결부시킨다. 이러한 특징이 고스란히 그의 고유한 어법과 시의 특수성을 이루는 것은 말할 것도 없다.

잉크가 없어
피로 마지막 줄을 적고 자살한 예세닌처럼
내 혀를 가지고 내 뺨 안에서
내 무덤의 비문을 읽으면
문장의 끝이 문장의 시작이 되고
의미의 젖꼭지에서 떨어지는 한 모금
오늘 밤, 당신은 누구의 비문입니까

—「비문」 부분

당신의 눈에 너무 가까이에 있어 흉측한 이것은 시시때때로 떠들고 있
지 않습니까. 그 말들을 사람이 하는 말이라 부를 수 있겠습니까. 사람의
말이 아니라면 그 말의 관절을 꺾으시겠습니까. 그렇다면 난 지옥에서라
도 몸을 팔겠습니다.

—「일요일의 혀」 부분

이 시민-시인이 쥐고 있는 유일한 무기는 철학
이나 사상이 아니라, 말이다. 그런데 그는 말로 의
미를 유보해나간다기보다, 벌써 의미를 이루고
있는 것들, 의미의 테제를 먼저 붙잡고서, 그걸 증
명해낼 고유하고도 새로운 문장을 고안하는 데 오

히려 무게를 둔다. "말이 사라지면 나도 너도 그저 고기로 태어난 고기일 뿐"이며, "의미가 멈추면 광기가 시작된다"(『사랑의 역사』)처럼, 자칫 역설로 비칠 구문들은, 바로 이러한 생각에서 비롯된 것이기에 역설이라고 할 수 없다. 과거와 현재, 심지어 미래조차, 말로 물을 수밖에 없는 온갖 것들이며, 그렇게 해야 할 수밖에 없는 저 처지야말로, 시민의 자격으로 살아가는 시인의 삶이자 삶이 될 가능성이며, 시인이 될 수 있는 시민의 능력이자, 시민-시인이 제기할, 최초이자 마지막일 수 있는 강령이기도 한 것이다. "세상의 모든 판관들의 주된 업무는〔가〕 적을 심어주는 것"(『일요일의 혀』)이라면, 시인-시민의 법은 말이 구획하고 그 경계를 결정하는 법이며, 시민-시인의 가치도, 모래처럼 손가락 사이로 빠져나가는 사념들을 어떻게든 포착하려는 노력을 통해 주어질 세속적-공공적-시민적-일상적 가치이며, 시인-시민의 임무도, 타인을 속이지 않는 말을 고안하는 것임은 물론, 시민-시인이 쓰는 시 역시, 광장으로 깃발을 들고 달려 나가거나 아름다움과 고고함을 찾아 과거로, 자연 속으로, 내빼는 대신, 제 골방에서 조차, "책상에 앉아"(『마리포사』)서조차, "책상 아래"(「囊」)에서조차, "낡은 가죽 소파"나 "밤새 삐걱거리던 침대"(「측백」)에서조차, "이 문장의 진실은 어디에 있을까"(「소하동」)라는 물음을 지속적으로 제기하고, 폐기하고, 다시 제기하고 또다시 폐기하는 일련의 과정으로만 존재할, 개인적이면서 공동체적인 행위의 산물인 것이다.

2. 나는 타자입니까? 타자는 나입니까?

시민의 자격으로 선보이는 시는 따라서 "당신의 동공"과 "당신의 성대"(「비문」)에서 울려 나온, "밤새 흘러넘친 비명"이자, 타자의 입과 몸에서 흘러나온 말을 "내 혀를 가지고 내 뺨 안에서"(「비문」) 굴려본 문文이며, 타자-말-사유-몸을 하나로 여기고서 고안되는 독창적인 물음을 통해서만 제 윤곽을 갖추어나갈 수밖에 없는 모험이다. 이렇게 김안에게 (시) 쓰기는 필연적으로 타자의 호출이자 미지의 징표일 수밖에 없는데, 그것은, '벌써' 타자인 "사람"만이, 오로지 그러한 자야말로, '쓰는 자'의 자격을 갖추고 있는 유일한 존재라는 믿음이 자리하고 있기 때문이다.

나는 내가 복무하고 있는 이 쓰기가 마뜩지 않네. 언어 바깥에서 존재하
는 몽상과 내가 복무하고 있는 쓰기와 쓰기라는 복무함에게 요구되는 윤
리들이 맞부딪히는 것. 결절과 관계되어짐과 사람처럼 사는 것이 뒤엉키
는 것. 과연 그 이상일까? (…) 나의 쓰기라는 것은 이 싸구려 멜랑콜리와
바늘 하나 들어가지 못할 만큼 굳어져버린 당대의 심장 사이에 있는 것이
라고 중얼거렸네. 하지만 그게 다 무슨 소용이겠나. 아내 몰래 바람을 피
웠었어도, 책방에서 몰래 내 책을 훔쳤었어도 거대한 윤리 앞에서 나는 자
유롭지 않은가. 딱딱한 밤 속을 부유하고 있는 수많은 사념들. 인형은 내
가 걸으면 걸을수록 무거워졌네. 이 밤 나는 자네의 인형과 말없이 앉아 있
네. 그리고 우리의 머리 위로 내가 복무하는 수많은 쓰기들이 붕붕거리네.
그것이 나의 사념인지 인형의 사념인지 쓰기의 사념인지 알 수 없지만, 나
는 나의 쓰기가 완성되는 지점이 공중이라는 것이 마뜩지 않을 뿐이네. 왜
저 공중의 쓰기들이 물이 되어 내 귀에서 뚝뚝 떨어지고 있는가? 자네는
어디로 갔을까? 그리고 나는 어디로 온 것일까?

— 「메멘토 모리」 부분

시민-시인은, 저 혼자 쓴다고, 저 혼자 쓰고 있
다고 생각하지 않는다. 그는 타자와 함께 쓰기에
시가 무언가에 "복무"할 수 있다고 생각한다. 그는
이 "복무"가 개인적이며 공동체적일 수밖에 없다

는 사실을 잘 알고 있다. 시인의 복무에서 중요한 것이 획일성을 거부하고, 형이상을 물리치는 일일 수밖에 없다는 사실도 그는 알고 있다. 그는 따라서 "쓰기와 쓰기라는 복무함에게 요구되는 윤리들", 이 "거대한 윤리 앞에서" 항상 좌절하고 패배하는 사람이지만, 그는 또한 "결절과 관계되어짐과 사람처럼 사는 것이 뒤엉키는 것", 그 전반의 양상을 바라보며, 오히려 개인과 타자, 삶과 사회의 윤리를 목도하고자 부단히 애를 쓰는 사람이기도 하다. 그는 억지로 결론을 내려 하지 않는 사람, 그 무엇도 쉽게 삼키지 않는(으려는) 사람, 따져 묻기를 포기하지 않는 사람이다. 그는 타자와 함께, 타자의 시선으로, 타자의 말로, 타자의 언어로, 타자의 시로, 그러나 개인의 자율성을 포기하지 않고서, "싸구려 멜랑콜리와 바늘 하나 들어가지 못할 만큼 굳어져버린 당대의 심장" 저 한복판에서, '공공'의 물음을 기필코 현실로 끌고 들어오려 언제나 노력하는 사람이기 때문이다. 그는 바로 이렇게, "나는 나의 쓰기가 완성되는 지점이 공중이라는 것이 마뜩지 않을 뿐"이라며, 형이상학을 거부하여 현실을 굳건히 지켜내면서, 오로지 타자의 자격("자네가 방 밑에서 기어 나와 내가 기록한 것들을 옮기도 하네"(「기억 후의 삶」))으로 시를 쓴다. 다시 말해, 시민-시인은 개인-공동체의 자격으로, 그러니까, 개인 안에도 공동체가 존재해야 한다는 사실과 공동체 안에도 개인이 거주해야 한다는 사실을 믿는 사람, 오로지 이와 같은 조건 하에서만, 시를 쓸 수 있다는 사실을 굳게 신봉하는 사람인 것이다. 따라서 그에게 타자는 나이며, 나는 바로 타자이다. 김안의 시에 자주 등장하는 '자네'나 '당신'(특히 2부의 작품들은 거개가 자네에게 바쳐진다)은 단순한 이인칭 단수나 복수의 호명이 아니라, 내 안에 거주하고 있는 무언가가 나로부터 호출해낸, 나와 타자의 공통된 이름이며, 내가 거주하고 있는 무엇이 타자에게서 호출해낸 무엇이라는 사실을 우리는 곧 깨닫게 된다. 이것이 우리가 '주체(sujet)'라고 부르는 것이다. 김안에게, 쓰는 주체(시를 쓰는 주체)의 고안은, 결국 시민의 자격으로 시를 쓰는 사람이 될 사유의 고안이자, 이 사유에 부합하는 언어의 고안이며, 그것은 타자와 함께 쓴다는 것, 쓰는 행위를 지속해낸다는 다짐과 자의식을 타자와 함께 실천에 옮긴다는 것, 그러니까, "누구의 내면이 나의 입으로 당신에게 고백할까"(「미제레레」)를 묻고 제기하는 일과 다른 것이 아니다.

아침입니다. 책상 아래입니다. 아침이면 사람들은 출근하고, 아기들은 울기 시작합니다. 당신이라는 쓰기의 등을 열어젖히고 그 속에 들어가 웅크립니다. 책상 아래입니다. 어둠의 속살은 무슨 빛깔일까요? 햇빛은 사람들을 달려가게 만듭니다. 어둠은 그 속살을 숨기기 위해 긴긴 동굴을 만듭니다. 하지만 당신이 탄 지하철은 이름 없는 동굴의 미로 속에서도 용케 길을 찾아 당신을 배달할 테지요. 하지만 이 안에 당신이라는 쓰기가 끝끝내 말하고자 했던 서정과 미래 따위는 없군요. 그런 것들은 대체 어디에서 시작되었을까요? 책상 아래입니다. 아침입니다. 마야콥스키의 권총이나 예세닌의 마지막 잉크를 생각하면서 난 자위나 줄여야겠습니다. 새로운 각오 속에서 당신과 당신의 마음의 노역과 곤욕스러운 이 가정을 버티고 있는 모국의 국기 색깔을 떠올립니다. 나의 국적은 어디입니까? 책상 아래입니다. 당신이라는 쓰기의 등을 열어젖히고 들어갑니다. 당신과 내가 세웠던 육신의 유적지들을 배회합니다. 하지만 아침마다 새파란 눈을 깜박이며 모르몬교도들이 자꾸만 찾아와 피안을 이데아를 영겁을 말합니다. 용서와 사랑을 말합니다. 그런 것들은 대체 어디에서 시작되었을까요? 책상에 앉아도 이 아침은 끝나질 않습니다. 아기들은 울기만 합니다. 지구 따위는 멸망해버렸으면 좋겠습니다. 당신의 자궁을 기억하기 위해 웅크립니다. 나에게 더 가까워질수록 아침입니다. 책상 아래입니다. 어둠이 뚫어놓은 이 동굴은 나를 어디로 배달하고 있습니까?

　―「囊」 전문

　　　　시민―시인은 무엇 하나 쉽사리 포기할 수 없다
　　　는 사실을 알고 있는 사람이다. 그는 자폐의 공간
　　　에서 상상을 즐기는 사람이 아니다. 그는 오히려

내가 모르는 곳에 존재하는, 그러니까 오로지 시로만 말할 수 있는, 오로지 시라는 언어의 형식을 통해서만 담아낼 수 있는 미지의 무언가에 과감히 손을 뻗으려는 자이며, 이 의지로 "당신과 내가 세웠던 육신의 유적지들을 배회"할 수 있는 사람이다. 그는 "책상에 앉아도 이 아침은[이] 끝나질 않"는다는 사실을 벌써 각오한 사람이다. 그는 "자네가 부러뜨린 내 손가락들이 사각사각 책상 위를 기어 다니네"(「기억 후의 삶」)라고 말할 수 있는 사람, 그러니까, 언제 어디서나, 타자와 함께, 무언가를 각성하고 사유하면서, 그것을 시라는 형식하에 적어내고자, 타자와 함께 불멸의 밤을 보내는 일로, 공화국에서 제 존재의 타당성을 모색해 나가고자 하는 자이며, 이러한 행위를 통해서 존재의 이유를 묻고 가치를 찾아나서는 자이기에, 오히려 그는 공화국에서 시의 법을 제 고유한 언어로 입안하려는 사람일 수밖에 없다. 그는 "피안을 이데아를 영겁을" 전도하는 철학자의 유혹을 물리치고, 제 "국적"을 "책상 아래"라고 과감히 말할 수 있는 사람이다. 그는 "용서와 사랑"처럼, 커다란 덩어리로 주어진, 저 의미로 가득한 것을 사회에서 배워 익히 알고 있으나, 그것이 주장하는 바를, 시시각각 의문과 물음으로 되돌려놓으려는 자이며, "서정과 미래 따위"가 헛되다는 사실을 정확히 주시할 줄 아는, 그러니까 지독한 현실주의자이다. 이 시민—시인은 이렇게 "사람의 길을 걸어야 했던 주름과 신음의 나날"을 기록하는 일을 제 업으로 여기면서, "쓰기의 바깥에서 서성이는 모든 주어主語들"(「복화술사」)에게 공평한 손길을 주어, 시라는 백지 안으로 걸어 들어오게 하고, 시의 논리 속에서 제자리를 돌려주려는 일로, 시민—시인의 목소리를 내고, 이 일로 개인—공동체의 가치를 확보해내려고 끊임없이 세계의 문을 두드린다.

서로 다른 신神들의 목소리로부터도
더욱 공평해지는 악들로부터도
눈을 감으면 당신은 이 방을 찾고 있겠지
나의 비겁과
나의 졸렬함과 변명들과 뒹굴다가
서로를 훔치다가
서로의 창세기를 온종일 들여다보던 서툰 골목의 시간들을
나는 더 익숙해져야지
나의 방의 사라짐으로부터
나는 나의 방을 숨 쉬며

온종일 눈을 치켜뜨고 창밖의 분노와 희망의 욕망을 곱씹으며
이제 당신의 얼굴조차 볼 수 없다고 해도
당신이
돌이켜줄 테지

―「이후의 방」부분

김안은 의미에서 출발하여 물음으로 향하는 저
역치易置의 길 위에서만 쓴다는 행위에 대한 당위
를 발견하는 것이며, "이유 없이 以後가 없는 것"
(『구주』)이라는 사실을 정면으로 마주하고, 그럴
때 세계와 마찰을 겪으며 제 몸속으로 파고드는
기이한 물음들을 시를 통해 궁굴린 후, 다시 세계
를 향해 제기하는 당당한 주체가 되어서, 그 길 위
로 수많은 문제들을 소환해내는 데 성공적으로 합
류한다. 이 길 위에서 그는 불분명하고 우연한 것,
상호작용과 반작용의 다양한 움직임 속에서만 존
재하는 저 삶의 가변적인 양상들을 포착해내는 일
로, 시민-시인의 자격을 제 스스로에게도 부여하
고자 한다. 시민-시인이 되는 길은 고뇌에 찬 개
인의 아포리즘을 뿜어내는 것이 아니라, 결국 타
자와 함께 시를 쓰는 행위를 개진하는 일에 달려

있다. 따라서 그의 까닭 없이 차올라오는 물음은 오히려 아포리즘에 대항하는 단단한 자괴감이나 스스로에게 아쉬움을 남기지 않게끔 실존의 밑바닥을 완전히 연소하고서 내려놓은 절망들, 그 절망들을 끌어안고 살아야 하는 패자의 서투름과 상처가 울려내는 발화에 가까울 수밖에 없다. 그의 시에 일인칭은 없다. 그는 삶에서 가치가 있는 것들을 사유하기 위해 시시각각 견뎌내야만 하는 악이나 선이 존재한다 해도, 이 양자는, 어느 하나에 확신의 무게를 내려놓을 수도 없는 사유의 대상이라고 생각하며, 모순이 공존하는 바로 그 모습이야말로 그에게는 "온종일 눈을 치켜뜨고 창밖의 분노와 희망의 욕망을 곱씹으며" 계속해서 기록해나가야 하는 이 시대의 현실이자 시대의 정직한 모습인 것이다.

그의 시는 타자의 손을 빌려 내려놓는 나의 재료이자, 타자의 입에서 튀어나온 나의 발언이다. 그는 혹시 자기만의 "방"을 갖기 위해서 시라는 "당신"의 자리를 계속해서 찾아 나서야만 하는 이 공화국에서, 그 누구도 제게 눈길을 보내지 않는, 몹쓸 운명의 주인이 되어 "머리 위로 펼쳐진 속죄의 목록들"(「미제레레」)을 낱낱이 헤아려보는 고단

한 길을 걷기로 자청한 것일까. "나의 무사함이 죄가 됩니다"(「지상의 방」)라는 저 언명에는 "당신이라는 쓰기"(「복화술사」)의 주체로 거듭나기 위해, 공화국 안에서 당당하게 제 노동을 수행한다는 사실을 애써 공표하고자 하는 의지와, 시 쓰는 시민−주체에게, 국가가 마련해주지 않았던 고유한 자리를 내어주고 스스로 그 자리를 차지하기 위해, 통념과 싸워나가겠다는 확신이 서려 있다. 그는 이렇게 해서 삶이 조금은 변할 수도 있다는 불완전한 확신의 편에 설 때만, 시인이 될 수 있다고 생각하는 것은 아닐까? 시민市民이자 시민詩民의 자격으로 세계를 살아내고자 할 때, 느닷없이 찾아온 물음들이 '사람'에서 출발하여 '사람'으로 마무리되는 것은 이러한 까닭에서일 것이다. 그의 시에 자주 등장하는 "자위"는 따라서 自慰(자신을 스스로 위로하는 행위)이자, 自衛(그러니까, 이런 자신을 스스로를 지켜내려는 행위)이며, 自爲(다시 말해, 자신을 스스로를 인정하고 또 성취해내려는 행위), 오로지 쓰는 행위로 제 존재의 당위를 묻고 존재의 가치를 확인하고자 하는 몸짓이라고 볼 수밖에 없다.

3. 악이 평범하다면 선도 평범해야 합니까?

김안의 물음은, 지금—여기에서, 사람은 무엇인가, 악惡이 평범해진 세계에서 신神에게 의탁하지 않고서, 어떻게 선善을 갈구할 수 있을 것인가, 윤리는 대체 무엇인가, 와 같은 커다란 사유의 거리를 우리에게 제공하지만, 우리가 그의 시를 읽으면서 예비해야 하는 것은, 오히려, 시는 개인의 발화인가, 시는 어떻게 공동체의 목소리가 되는가, 시는 어떻게 "슬픔이, 고통이, 살기 위해 기생해야 하는 묵종과 치욕의 시간"(「치차의 밤」)을 지금—여기로, 타자의 말로 견인해 오는가와 같은 난제들이다. 이 자본주의 시대에, "그 어떤 신도 인간을 직접 만진 적이 없"(「홀로코스트」)는 폐허 위에서, 삶에 속했을, 삶이 표현하고자 했을 감정들과 정념들, 삶의 맹목들과 비극들을 지금—여기에 재현해내는 일은, 도드라진 하나의 진리에 편승하지 못하는 불가지의 논리들에 맞서서, 어떻게 제 희미한 실현의 가능성을 타진해나가는 것일까? 그는 저 자신에게 부과했던 죄의식과 세계에서 유령처럼 떠돌고 있는 온갖 관념들을, 자기 자신의 점진적인 파괴와 타자에 대한 점유로 이 세계에 환

원해낼 때, 비로소 시민—시인의 자격을 성취할 수 있다고 생각하는 것인지도 모른다. 그렇다면, 이 척박한 삶에 뿌리를 둔 그의 시는 어떻게 타자에게서 비롯되어, 삶의 가지들을 점차 늘려가는, 쉬지 않는 성찰의 운동으로 거듭나는 것일까?

불행하게 태어난 아이들의
어찌할 수 없는 선함처럼 너를 믿었다. 증오한다.
기록된 것은 기억들보다 위대하기에
무덤들 위에 아무것도 모르는 집이 생기고
아무것도 모른 채 집은 불타고
부모를 잃은 아이들이 그 위에 누워 울다가 말라붙는다고 해도
나는 단지 너의 말을 내 몸에 받아 적을 뿐이다.
어느 미친 새들은 나무가 불타도 울지도, 그 나무를 떠나지도 않는다.
그것은 때론 선함이고, 순수함으로 기록된다.
하지만 죽어서도
서로 다른 자세로 나무에 매달려 있는 이 검은 새들을 자세히 보면,
마치 어린 시절 돋보기로 불태우던 개미 같고
어느 미친 작곡가가 목매달기 전에 썼다던 악보 속 음표만 같다.
이 나무에 앉아
누가 노래할 수 있고 누가 비명을 지를 수 있을까.
그런다 한들 누가 밤의 흰 수염을 기르며
이 적막의 혀와 섞일 것인가.
안녕. 너와 나는 서로에게 선했던가.

우린 평등했던가.

너와 나는 이 불행을 함께 바라보고 있었던가.

중앙보훈회관 건물에 걸려 있는

당선 축하 플래카드를 바라보는 서로 다른 표정의 사람들처럼

나의 그림자는 너무 많구나.

잠이 들면 나의 귀에서 줄줄이 너의 검은 벌레들이 기어 나와

나의 그림자를 불타는 나무 바깥으로 옮기고

무덤 속 사람들 머리카락 치렁치렁해지고

신문은 부음으로 가득해진다.

실성한 여자를 향해 돌을 던지는 아이들의 순수함처럼

모두가 선한 싸움을 할 뿐이다.

각자의 선함들이 만드는 것은 기껏해야 누군가에게는 악.

실은 미치지 않고서야 선할 수 없다.

그렇다면

너는 얼마나 미쳤기에 나를 밀칠까.

미치지 않고서야,

나는 여전히 너의 나무에서 말라붙고 있을까.

—「선이 너무나 많지만」 전문

"기록된 것은 기억들보다 위대하기에"가 시 쓰
기의 필연성에 대한 비유라고 한다면, 이 비유의
효율성은 "무덤들 위에 아무것도 모르는 집이 생
기고 / 아무것도 모른 채 집은 불타고 / 부모를 잃

은 아이들이 그 위에 누워 울다가 말라붙는다고 해도"를 시적 상상의 결과물로 읽게 해주는 데서 크게 빛을 발한다. 그러나 시에 겹겹의 층위를 설계해내는 김안의 재능은 이 정도 수준에서 덜미가 잡혀 있는 것은 아니다. "나는 단지 너의 말을 내 몸에 받아 적을 뿐"은, 언술의 대상이 된 "불쌍하게 태어난 아이들의 어찌할 수 없는 선함"을 색다른 각도에서 접근하게 해주는 동시에, 타자를 통해, 오로지 타자의 말을 딛고서, 바로 서는 상호주관성의 세계를 시에 결부시키고 있다는 점에서 벌써 문제적이다. 시는 여기서 단일한 해석을 방해하는 이중의 기술記述과 기술技術에 기대고, 글쓰기의 이 이중화 작업을 경유하여, 정직하고 순수한 삶에 대한 고집스런 기억과 시 쓰는 자의 자의식을 하나로 묶어내는 데 성공적으로 합류한다. 삶에서 "선함이고, 순수함으로 기록"되어온 것들에서 시인은 "나무가 불타도 울지도, 그 나무를 떠나지도 않는" 인내의 세월을 담아내고, "미친 작곡가"의 고독한 삶을 "너의 나무"에 말라붙은 아주 작은 알갱이, 검고 단단한 하나의 점과도 같은 결정結晶체로 농축해낸다. 음표 같기도 하고 새가 타버려 쪼그라든 것과도 같은, 어린 시절 태워 죽인 개미의 흔적이라고도 해야 할 이 작은 핵核 속에는 고통의 기억과 기억의 고통이 덩어리로 응축되어 있지만 정작 중요한 것은 발화행위 자체를 불가능의 영역으로 몰고 갈 만큼의 비극성이 그 안에 자리하고 있다는 점이다. 거개가 평서문으로 된 시에서 의구와 항변의 목소리를 비가시적 물음의 형식으로 이끌어내는 것은 바로 이 비극성이라고 해야 한다.

김안의 시를 통해 우리에게 찾아든 물음들은 오로지 또 다른 물음들을 야기하거나 인식의 문제를 제기하는 과정에서만 크게 빛을 발한다는 사실을 다시 상기하기로 한다. 가령, 이 작품이 우리에게 뿜어내는 설의-물음-문제는 바로 다음과 같은 것일 수 있다. "각자의 선함들이 만드는 것은 기껏해야 누군가에게는 악"이며 "미치지 않고서야 선할 수 없다"고 한다면, 인내가 무엇인지 알고 있는 저 "적막의 혀"로 우리는 이 세계에서 과연 이것은 저렇고, 저것은 이렇다고 감히 발설할 수 있을 것인가? 우리는 무엇을 기억했노라고 확신할 수 있는 것이며, 삶의 불투명한 기억으로부터 어떤 실천을 촉구해낼 것인가? "선한 싸움"은 과연 선할 수 있는가? 당신은, 나는, 일상에서, 이 세계에서,

과연 선했으며, 선했다고 말할 수 있는가? 그랬다고 한다면, 당신은 어떻게 악하지 않았다는 사실을 증명할 수 있는가? "순수"와 "선"으로 자신의 나날들을 지탱해왔다고 믿는 우리가 항상 동일한 지평을 바라보고 있었다고 당신은 확신할 수 있는가? 그 시선이 평등하다고 한다면, 그것은 또 무엇이며, 도대체 평등을 보장하는 기준이 존재하기는 한 것인가? 사소한 풍경조차 동일하게 바라보는 것이 아니라면, 아니, 그럴 수 없다면, 그럼에도 불구하고, "서로 다른 표정의 사람들"은 왜, 그리고 어떻게, 떨쳐낼 수 없는 나의 분신이 되어 나의 입술을 통해, 나의 목을 통해 세계에 제 존재를 드리우고 우리의 삶에 입사해야 하는가? 나의 내면에 잦아든 타자들은 왜 헤아릴 수 없을 정도로 많으며, 또 다양한가? "너무 많"은 "나의 그림자"가 고통스런 기억 바깥으로도 나를, 타자를, 공동체 안으로 이행할 수 있도록 도움을 줄 것인가? 세상에는 오늘도 망자들이 흘러넘치고, 누군가 망자가 되었다는 소식들이 이곳저곳에서 창궐할 뿐이란 말인가? 새로운 물음들이 앞의 물음들을 한 번 더 비끄러매는 것을 막을 수도 없다. 이 "각자의 선함들"이 "누군가에게는 악"이 된다면, 선하다는 것 자체가 미친 것과 과연 얼마나 다르다고 말할 수 있는 것인가? 이러한 물음은 그 자체조차 단순하고 어리석은 것인가? 시는 물음이 끊임없이 꼬리에 꼬리를 물고 이어지면서, 타자를 끈덕지게 요청하고 공동체에 소환하려는 의문의 목소리로, 주관성의 포화 상태를 이룬다.

예외도 없이 선한 세상, 모두가 공평하게 적용되는 윤리의 세계는 오지 않을 것이며, 오로지 유보된다는 특성으로만 세계에 존재할 것이다. 김안이 쏟아낸 저 의사擬似물음들은 개별성에 토대를 둔 보편적 가치의 성취가 거의 불가능한 상태로만 주어진다는 인식에서 비롯된 것은 아닐까. 그렇기 때문에 "거의 유령"(「회음」)이나 다름없는 이 세계에서 그는 "아직 나의 말이 끝나지 않았"다고 생각하는 것이며, 바로 그렇기에 "하루에도 수차례 낮과 밤이 반복되고" "다시 또 어느 날이 되어도"(「맹목」) 오늘도 제 발걸음을 재촉하고 있는지 모른다. 김안에게 시는 따라서 명백히, 어떤 복무이며, 소임에 기반한 주관적인 행위일 수밖에 없다. 그가 일시적으로 산화하고 사라질 파토스적 해답의 총체를 갈구하는 것이 아니라, "방바닥 위에 납작하게 붙어버린 벌레들"(「연혼」)과 "우

144

리가 씹어 삼키는 이 살덩어리들의 국적"(『육식의
날들』)처럼, 삶의 복부를 가르고 그 안에 도사리고
있는 거대한 욕망을 직접 들여다보고자 하는 것은
바로 이 때문이다. "더욱 공평해지는 악惡들"(『이
후의 방』)의 세계에서 김안은 우리 삶에 흔쾌히 동
의하는 가치들을 옹호하는 대신, 우리가 증오해
온 사유, 기피해온 관념에 애초의 자유를 되돌려
주는 일에서 착수하여, 그 과정을 힘겹게 적어나
가고, 그 과정에서 제기되는 의문들을 제 시의 형
식으로 삼아, 시민들이 존중할 만한 시적 가치를
철학이나 법률과 대별되는 관점에서 고구해내는
작업을 통해 시민—시인의 임무를 수행하려 하거
나, 그럴 수 있다고 믿는 것일지도 모른다. "이제
막 태어난 아이들의 악몽"(『불가촉천민』)과 "이제
는 기억되지 못하는 것들"(『연흔』) 사이에서 쏟아
져 나오는 수많은 의문들은 이제 우리의 몫이 아
닐까?

어제의 당신이 내일의 당신이지는 않을 것이다. 수많은 왕들의 목을 자
르고, 수많은 신도들을 불태웠어도, 새로운 시대는 늘 익숙한 맹신과 내세
로밖에 스스로를 지키지 못한다. 지금이 아닌 모든 어제들은 죄악이고, 지

금이 아닌 모든 내일은 어제의 궁형宮刑. 당신이 지금 여기에 있다는 것은, 지금의 당신은 나의 가장 강한 선善이자 윤리. 거대한 자목련들이 들쥐들을 잡아먹듯, 나는 당신의 손을 잡고 나의 윤리, 나의 선善에게 이 늙은 입을 건넨다. 갈까, 우리 저 더러운 말의 세계로: 천장과 바닥 사이에 숨어 있는 어제의 책들, 어제의 약속들, 어제의 깃발과 외침들로. 죽은 쥐의 꼬리를 들고 빙빙 돌리다가 벽을 향해 내던지는, 천사들의 이름만 같은 아이들의 순진무구함처럼 어제의 대기와 어제 흘린 피는 악의 없이 망각된다. 새로운 시대는 망각의 사업에 힘쓰고 창문 밖의 공포가 진실과 정의들을 재생산하고, 침묵이 소비된다. 그러니, 우리 갈까, 저 더럽고도 시끄러운 말의 세계로.

　—「국가의 탄생」 부분

　병病만 진보하네. 우리가 함께 외우던 이국異國 신들의 이름들. 그 이름들의 평화 속에서 영혼은 그저 썩어갈 뿐이지. 정말 신비스러운 것은 우리가 그저 늙고 그저 죽을 뿐이라는 사실이네. 우리는 신비주의자. 우리는 비관주의자. 우리는 비겁한, 무지한. 이 피리를 보게. 온몸이 구멍이네. 손가락이 모자라네. 이제는 다른 식으로 호흡해야 하네. 붉은 우리의 회색처럼, 폭설 속에 피어난 저 붉은 이빨의 목련이 질긴 진실들이라 하더라도. 지겠지. 모두 지고 말겠지. 이젠 아무리 거울을 닦아도 내가 보이질 않네. 난, 보고 있네, 거울이 얼마나 느리게 깨어지고 있는지를, 거울 안에서 유황칠을 지우고 있는 내 손톱의 참담한 부드러움을.

　—「검은 목련」 부분

시민–시인이 공화국에서 선보이는 시는, 질서에 복무하고 안녕에 이바지하는 시가 아니다. 그것은 "더럽고도 시끄러운 말의 세계"를 현실에서 열어 보이는 시라고 해야 한다. 시민–시인은 "늘 익숙한 맹신과 내세로밖에 스스로를 지키지 못"하는 "지금이 아닌 모든 내일"이나 "어제의 깃발과 외침들"을 "지금"의 사건으로 기억하는 것이야말로 시 쓰는 자의 책무라고 여긴다. 현실이라는 "거울이 얼마나 느리게 깨어지고 있는지"를 투시하기 위해, "거울 안에서 유황칠을 지우고 있는 내 손톱의 참담한 부드러움"을 말해야 한다는 것, 바로 이것이 시인이 세계에서 수행해야 하는 복무일 것이다. 시민–시인은 바로 지금–여기의 언어로, 과거에 상실되었거나 미래에 상실될 것, 현실의 불완전한 전망이, 끊임없이 교섭하고 서로 회전하면서 우리의 삶에 들어붙고, 우리 사회를 강타하며, 역사를 물들여가는 과정을 기록해가는 일이 결국에는 실패로 귀결될 것을 아는 사람이다. 어쩔 수 없는 것들이 왜 어쩔 수 없는지를 묻고 늘어지려는 일에서 늘 실패하는 시민–시인의 두 어깨 위에는 그러나 현실이, 현실의 아우라가 서려 있을 수밖에 없다. 시민–시인은 "악은 갈수록 평

범해져간다"(「소하동」)는 사실을 증명하는 데 급급
한 것이 아니라, 그 상태에 부합하는 의식을 적나
라하게 밀고 나가, 기록해내는 것을 중요하다 여
길 수밖에 없는 것이다.

질서는 공포로 완성됩니다. 어떻게 한 줄로 세상을
바꿀 수 있을까요. 두 줄, 네 줄, 그 어떤 문장의 질
서로도. 앵커는 말합니다, 나의 질서보다 더 큰 질
서가 무럭무럭 방 안으로 차오를 거라고.

　　—「지상의 방」 부분

　어느 날,
　나는 눈알이 파여 있었고
　하지만 모든 이에게 나쁜 권력은 없기에 사람들은 서로가 서로에게 거
룩한 증오였고
　집은 순결이 부패하는 자리였고
　거대해지는 생활의
　공포들이 이 공화국을 부강하게 만들고 있었고
　어느 날부터인가 눈알이 파여 있었기에 우리는 서로에게 점점 더 잔인
해질 수 있었고
　굴종의 기억이 이 공화국의 질서를 이루었고
　뚝, 뚝

나의 손가락이

가지런히 부러져 아무것도 쓰지 못한다는 것을 알지 못했고

죽기 위한 공장들은 평안하게 돌아가고

완벽한 죄악과 비둘기와 개종자들로 가득 찬 공화국은 영영 부패하지

않고

하루에도 수차례 낮과 밤이 반복되고 있다는 것을 알지 못했고

어느 날,

그리고 다시 또 어느 날이 되어도 나는 눈알이 파여 있을 것이기에

모든 시작들은 이미 끝나버렸고

나는

얼마나 깊이 떨어져 있는지 알지 못하고

—「맹목」 전문

시민-시인은 시민을 궁굴리거나 묘사하는 데
만족하는 것이 아니라, 시민에 개입한다. 그가 시
에서 지워낸 척도는 가령, 이 경우, 지금-여기의
바깥을 둘러치는 작업에 사로잡힌 거대담론들과
그것들이 뿜어내는 획일성이다. 시민-시인은 '시
민다움'에 부합하는 목소리를 고안하고자 하고
현재의 삶에서 이행의 조건을 강구하지만, 이 시
민-시인의 유토피아는 정치가 아니라, 비정치의
정치성을 추구하는 일과 맞닿아 있다. 정치가 사

회에서 어긋나거나 도드라진 관계들을 합리와 이성, 법률의 질서로 바로 세우려는 의지인 반면, 시민—시인은 합리—이성—질서—법이 포괄하지 못하는 것들을 집결시켜 비끄러맨 미지의 공간을 사회에서 열어보려는 모험을 감행하며, 이 사회에서 솟구쳐 나올 수밖에 없는 (가짜)물음들과 추정 가능한(가능하지 않은) 대답을 집결시키는 언어를 고안하려 한다. 그는 개별화된 언어로 세계와 주관적인 관계를 창출하고자 노력하면서, 오로지 이 세계에 주체로 자리매김을 하는 일에 전념하는 것이다. 형이상학적 개념들, 커다란 의미를 머금은 테제들을 현실의 얼굴과 포개어 사유하고, 현실의 내부에 각인하기 위해, 김안은 반드시 던질 수밖에 없는 물음을 발굴해내고, 기꺼이 이 물음들을 세계에 투척함으로써 주관성을 최대한 끌어올린 발화의 주인이 되고자 하였다. 우리는 김안의 시에서 "공화국의 질서" 속에서 빚어진 "굴종의 기억"들에 맞서는 방식을 목격하고, 야만에 대항하는 자가 내려놓은 비판의 목소리와 "완벽한 죄악과 비둘기와 개종자들로 가득 찬 공화국"에서 퍼져 나온 저 비통한 비극의 함성을 듣는다. 세상의 모든 불안에게 제 지위를 부여하고, 세상의 온갖 의문을 공화국의 한복판으로 끌고 들어와, 시민-시인은 비극의 운명으로 제 말을 받아내며, 미지를 타진할 앎知의 생존 방식을 고민하는 일을 게을리하지 않는다. 그의 시는, 미처 말이 제 형태와 모양을 갖추기 이전의 사유이자, 형태와 모양을 갖추어나가는 데 필요한 독특한 발화의 폭발로 우리에게 투척한 헌사이자, 감성과 이성의 임의적인 구분을 취하한 지점을 선취한 자가 뿜어낸 감성-이성의 목소리이며, 삶의 살아 있는 입자들의 폭발이라고 할 수 있다.

4. 우리는, 나는, 더 낮게 패배해야만 합니까?

김안은 매순간 망설이고 동요하며, 자신의 불안이나 혼란, 삶을 가득 채우고 있는, 저 까닭 없이 찾아오는 모순과 고통을 제 주관적인 물음의 무대 위로 과감히 올리는 일을 하였다. 그는 자기 삶의 모순과 씁쓸한 제 꿈을 반사하거나 튕겨내는 나르시스의 거울 놀이에는 관심이 없다. 그는 물음을 던지고 나면, 다시 생겨난 또 다른 상처 때문에,

세계의 거울 앞에서 여전히 피를 흘리고 있는 제 추하고 비겁한 얼굴을 주시하는 일을 게을리하지 않는다. 그의 시는 "비겁함, 두려움, 공포, 증오, 모멸감"(『식육의 방』)과 "방바닥에 굴러다니는 공포들"(『회음』)을 손에 쥐고서, 보다 큰 말들, 큰 의미들을 탈신성화 해내는 작업에 몰두하기에, 과거에 대한 까닭 모를 탐닉이나 현실에 대한 메마른 기술, 미래에 대한 턱없는 전망에 쉽사리 붙들리지 않는다. 증오가 이 세계에서 점점 제 파이를 늘려가는 것을 어떻게 막을 것인가? 김안이라면, 증오의 역사는 어김없이 사랑과 반성의 이름으로 자행된 인간성의 상실이나 희망과 욕망의 이름으로 지어올린 유토피아를 버팀목으로 삼아왔노라고 말할 것이다. 그는 단 몇 분이라도 자신을 포함한 사람들을 유심히 관찰해본 자가 어떻게 염세주의자가 되지 않고 견딜 수 있는지 의아해할 수밖에 없는 시간을 온몸으로 마주해야 한다고 우리에게 말할 것이다. 그의 시는 "우리의 방바닥이 무저갱 속으로 가라앉을 때까지"(『식육의 방』) "비참한 당신의 적막들과 창을 뒤흔드는 기억들과/끈적거리는 모든 것과/함께"(『실낙원의 밤』), 오로지 개인의 자격으로 세계를 읽어내고자 하는 개별화의 의

지와 개인적 각성을 통해서만, 보편적이고 공동
체적인 삶을 그려보고자, 거칠고 더디게 일보를
내딛는 고통스런 티켓을 우리에게 선사한다.

언제나 패배하는 사람이 있다. 언제나 도망치는 사람이 있다. 아름답고
더러워라. 승리만을 기록하는 사람도 있지만 현실은 이 모든 것들과 아무
런 관계도 책임도 없다. 현실에서는 그 어떤 폭력도 눈물도 없다. 단 하나
의 단호한 명명만이 있다. 단 하나의 거대한 입과 이렇게나 많은 찢겨진 입
들이 있다. 이렇게나 많은 유령들이 또다시 거리를 배회하고 있다. 죽은
자들이 사라지니 신도 사라졌다. 하지만 나의 조국의 내부에는 여전히 구
원이 있고, 구원의 쾌락이 있다. 빌어먹을 마녀가 있다. 그리고 그 뒤에는
이토록 나약한 말의 악몽이 있다: 언제부턴가 온 집 안의 수도꼭지가 잠가
지지 않는다. 얕은 잠 속으로까지 물이 넘쳐 들어온다. 엄마를, 아내를, 애
인을, 진실 속에서 익사한 사람들을 불러본다. 내게는 숨겨진 벗들이 있으
며, 숨겨진 입들이 있으며, 숨겨야만 했던 유령이 있으며…… 숨겨져 있으
니 내게 이 현실은 아무런 관계도 무게도 없이 영원히 출렁이며 고인 채 썩
고 있다. 단단한 벽과 늙어 소리를 잃은 악기들, 창문으로 쏟아져 들어오
는 실체를 알 수 없는 그림자와, 벌레처럼 울고 있는 형광등, 찢겨진 입과
매일의 유언; 그저 악몽을 창조하는 것. 기억되는 악몽만이 가끔 진실이
된다. 우리 중 기록될 악몽의 주인은 누구일까. 누구의 악몽이 구원을 받
을까. 그리고 끝끝내 구원을 단념할 수 있을까, 이후의 악몽들을, 이후의
삶을.

—「이후의 삶」전문

그의 시는 혁명이 완전히 사라져 안전해진 시대를 비겁한 역설로 구가하고자 하는 몸짓이 아니다. 삶의 자잘한 사안들을 디디고 솟구쳐 오르는 거대한 의미들을 붙들고, 그것에 이의를 제기하거나 항변하듯 날카로운 물음을 던짐으로써, 아직 그럴듯한 답을 쥐지 못하고 에둘러 회피해왔던 저 대의와 윤리를 고민하게 하고, 삶에서 더러 어설프게 들려왔던 미지의 목소리에 한 번 더 힘을 실어내면서, 결국 그의 시는 우리 모두를 이상한 곳으로 데려온다. 그는 물음을 잔뜩 들고 현실의 역장力場으로 뛰어들려고 하는 자, 따라서, 이상과 희망에 있어서, 패배하는 자, "언제나 패배하는 사람"이며, 오로지 패자의 자격으로, 거짓과 포장, 가식과 통념의 근간을 면밀히 검토하고 사유하려는 시인이다. 깔끔한 설명으로 그의 시가 우리에게 내려놓은 그림자를 거두어내기는 어려운 이유도 여기에 있다. 그의 시에 적재되어 있는 기이한 힘은 우리가 알지 못하는 삶을 현실의 과감한 입론처럼 우리 내부에 등재하며, 위력을 뿜어내기 때문이다. "만약이라면 / 어떤 혐의들로부터도 패악들로부터도 자유로울 수 있을까"(「미제레레」)라고 물어오는 이 미망의 유혹은 결국, 시민이 품을

수 있는 미지에로의 유혹이며, 이 시민―시인이 선
보인 유혹은 말의 점정點睛이라고 할 만한, 언술을
운용하는 힘과 다르지 않다.

부끄럽고 무섭지만 따뜻한 날들이여
헛수고의 날들이여
무덤처럼 부풀어 오르다가 파헤쳐질 우리의 배여
냉장고 속에서 싹을 피운 감자처럼 유령의 발자국처럼
계절은 스무 번이나 바뀌었는데
적의 영토는 하루에도 수천 리씩 늘었다가도 줄어드는데
나는 무엇을 보고 있었던가
어제 나를 받아먹었던 만신이여
땅으로
물로
대기 속으로
내 발자국을 던진 이는 누구인가
물질과 도덕의 파멸의 일상을 수태하다가 나를 낳은 배여
나는 우리가 필요없습니다
나는 없습니다 애초에
나는 없었습니다 없고 싶었습니다만
보세요, 패배자에게도 단단한 입술이, 단단한 정신이 존재합니다
나의 이 헛수고들이여, 하루들이여
하루에도 수천 명의 사람들이 광장에서 사라지고
하루에도 수천 개의 감정들이 허구렁 속으로 가라앉지만
그 어떤 신도 인간을 직접 만진 적이 없듯

패배와 부재를 응시하는 눈이여
나의 안락한 헛수고들이여
나의 쓸모없는 지옥들이여

―「홀로코스트」 전문

　　김안은 "패배자에게도 단단한 입술"이 필요하
며, 패배자에게도 "단단한 정신이 존재"한다고
믿는다. 패자는 이 경우, 사회의 낙오자가 아니
다. 그는 오히려 삶에서 자행되는 온갖 위선과 가
식, 허위의식과 악행의 근원에 귀를 기울이려는
자, 거기서 삶의 윤리와 선과 그것의 야누스와 같
은 얼굴을 주시하며, 누군가 화려한 인생의 정원
에 종려나무 몇 그루를 심으며 제 삶을 위로하거
나 안전한 종착지를 상상하며, 양지바른 곳에서
살고 있다고 착각할 때, "이 현실은 아무런 관계
도 무게도 없이 영원히 출렁이며 고인 채 썩고 있
다"는 사실을 직시하며, 그러한 현실에서 삶의 진
실과 마주하려, 쉼 없이 정열을 여투어두고자 노
력하는 사람이다. 그에게 패자는 매순간을 망설
이고 매일을 동요하며, 삶의 구석구석에 스며들
어 있는 알 수 없는 공포에 민감하게 반응하면서,

모순되어 보이는 명제들을 들고서, 과감히 삶 속으로, 현실로 뛰어드려는 자이다. 그에게 기댈 만한 이상향이나, 사상이 달리 있는 것은 아니며, 그는 시민-시인이라면 응당 사고할 수 있는 것들, 그러니까 불안이나 혼란, 삶을 가득 채우고 있는, 저 까닭 없이 찾아오는 모순과 그 모순이 야기하는 사유의 고통을 혁신적인 자신의 언어로 담아내고, 세계의 무대 위로 과감히 펼쳐 보이려는 사람이다. 그가 자신의 방에 홀로 갇혀, 책상 위나 혹은 아래에서, 무언가를 부둥켜안거나 희미하게 주시하면서, 삶의 패배와 배덕과 절망과 신비를 힘겹게 적어나갈 때, 그가 삶의 수많은 비극과 의문을 제 입술로 포개며 활활 불태우고 있을 때, 비평가가 움켜쥘 수 있는 앙상한 논리는 어떻게 시가 투척한 이 파멸의 유혹을 견디며, 시의 주관성에 공평한 시선을 분배했노라 자신할 수 있을 것인가?

Epilogue

시인을 추방한 공화국에서 시의 특권이 존재한다

면, 그것은 필경 추방될 수밖에 없었던 시의 위험
성에서 찾아야 할 것이다. 고립된 나나 어느 집단
에 속한 우리가 아니라, 시가 나-타자로 남는 것
을 두려워하지 않아야 하는 것은, 오히려 시가 물
려받고 보존해낼 어떤 특수한 의식이며, 시가, 시
라는 언어활동이, 힘들어 추구해나갈 현대사회에
서의 가치일 수 있기 때문이다. 시인은 사실, 아무
런 제한 없이, 어떤 질문이라도 세계를 향해 던질
권리를 갖고 있는 자라고 해야 한다. 혁명이 필요
한 시대라고 해도, 혁명은 아예 오지 않거나, 다른
형태, 그러니까 비가시적인 형식으로, 어디선가
더디게 진행되고 있을 뿐이라면, 시는 세계 그 자
체보다 세계를 구동하는 어떤 힘과 그 힘이 빚어
낸 사태들에 개입하는 말이며, 세계를 합리와 법
률의 질서 너머에서 책임지려는 주관적인 행위라
고 해야 할지도 모른다. 따라서 진리의 전유專有를
포기해야 한다고 말하는 시, 확신에 대한 까닭 없
는 애정을 줄여야 한다고 말하는 시, 열정의 사슬
에 얽매이기보다 의문이 쏘아 올리는 두려움을 좀
더 옹호하는 시, 자유나 평등, 권리나 의미처럼,
보편적이라고 알려진 가치를, 이성의 계산기를
들이대 구체적인 윤리의 체로 밭아보는 일에 크고

작은 거부감을 표출하는 시, 악의 평범함만큼이나 선의 지리멸렬함에 자의식을 드리우는 것이 공정하고도 사람다운 일이라고 당당히 말하는 시가 우리에게 도착했다. 그의 시는 애써 도달했다고 자부하는 이 시대의 합의와 관념에 합당해 보이는 정답을 유도하는 질문을 내려놓는 것이 아니라, 과정에서 출발하여 거대한 합의들을 비판하고, 다시 자리매김하는 인식의 최전선으로 우리를 데려갈 것이다. 삶이 첫 선을 넘긴 후, 이미 되돌아갈 수 없는 것이라면, 김안의 시를 읽고 나서 우리는 어느덧 탄탄한 어둠과 힘찬 우울, 명료한 비탄의 세계에 당도한 우리 자신을 발견하게 될 것이다.

문예중앙시선 34

미제레레

초판 1쇄 발행 | 2014년 7월 21일
초판 3쇄 발행 | 2016년 4월 11일

지은이 　| 김안
발행인 　| 노재현
편집장 　| 박성근
디자인 　| 권오경
마케팅 　| 오정일, 김동현, 한아름

인쇄 　| 미래피앤피

발행처 　| 중앙북스(주)
등록 　| 2007년 2월 13일 (제2-4561호)
주소 　| (04517) 서울시 중구 통일로 92 에이스타워 4층
구입문의 | 02-6416-3917
홈페이지 | www.joongangbooks.co.kr / www.facebook.com/hellojbooks

ISBN 978-89-278-0562-5　03810

▌이 시집은 2014년 서울문화재단 창작기금 지원을 받은 작가의 작품입니다.